QUERIDO PABLO

MARIA JAÉN

QUERIDO PABLO

Traducción de
Elena Macian Masip

PLAZA JANÉS

Papel certificado por el Forest Stewardship Council®

Penguin
Random House
Grupo Editorial

Título original: *Estimat Pablo*
Primera edición: octubre de 2021

Printed in Spain – Impreso en España

ISBN: 978-84-01-02648-5
Depósito legal: B-12.875-2021

Compuesto en Comptex & Ass., S. L.

Impreso en Rotoprint by Domingo, S. L.
Castellar del Vallès (Barcelona)

L026485

*A Frederic Vidal y Saskia Hagemeijer,
por ser tan y tan generosos*

Todos han llevado lo más valioso que poseían porque no hay que dejar atrás las pertenencias más queridas cuando se hace un largo viaje.

Todos han llevado su vida, era la vida lo que había que llevar por encima de todo.

CHARLOTTE DELBO,
Ninguno de nosotros volverá

Pablo

En Prades, hoy el día es frío y gris.

Viernes, 21 de enero de 1955.

En la fachada de la casa, un letrero.

El cant dels ocells es el nombre de esta casa.

En el interior, un hombre menudo, el célebre músico de la pipa y el sombrero, se prepara para salir.

Camina apesadumbrado, soportando un gran dolor que hace que sus pasos sean lentos.

El violonchelista que ha recorrido medio mundo emprende hoy el viaje más difícil de su vida.

«No puedo volver. No reconozco el gobierno del dictador».

¿Cuántas veces lo había dicho?

En público y en privado, durante casi veinte años, no se había cansado de repetir esas palabras.

Taxativo, seguro de sí mismo, prometió que jamás viviría bajo un gobierno fascista, que mientras hubiese dictadura no volvería a pisar tierras catalanas.

«Soy tozudo. Soy tenaz. Y si mi obstinación me lleva a morir lejos de los míos, que así sea, pero mi exilio solo acabará el día que la democracia vuelva a mi país».

Nada lo haría cambiar de idea.

Durante años, ha mantenido una determinación de hierro.

Esa es la razón por la que el mundo lo admira.

Pero resulta que, hoy, este hombre de principios firmes e inamovibles se ve obligado a romper su promesa.

Hoy cruzará la frontera.

Se prepara en silencio.

En apenas unas horas, estará en el otro lado.

Vincent, el marido de Enriqueta, su sobrina más querida, conducirá el viejo Renault negro.

Quiere a este joven como si fuese su sobrino, su yerno, o tal vez el hijo que no pudo tener. Es su persona de confianza; es quien ha hecho posible su regreso.

«Ella lo querría así, Frasquita desearía volver a casa», dijo el músico.

Y Vincent se puso manos a la obra: decenas de llamadas, papeles arriba y abajo, de Prades al prefecto de Perpiñán, del prefecto al cónsul español, del cónsul al gobierno de Madrid... y así, sin descanso, fue haciendo girar la rueda hasta que consiguieron los permisos.

Y solo porque Vincent lo acompaña es capaz de emprender un camino tan difícil.

¿Cómo podrá agradecérselo?

Sube al coche.

«No te dejes nada», le dice ella desde lejos.

El sombrero, la pipa, el pasaporte.

Y en el bolsillo interior del abrigo, los papeles de Tití, el dolor más auténtico.

Tití

Prades, 1954

Querido Pablo:

Ya hace tres días que llegamos a Prades.

Estábamos en Zermatt, como cada año por estas fechas, pero ahora volvemos a estar en Prades. Te doy las gracias por haberme traído y te pido disculpas por haber interrumpido tus clases. Si no me hubiese encontrado mal, seguiríamos en Zermatt. Tú con tus alumnos; yo, a tu lado. Pero las cosas no han ido como esperábamos.

Hace tres días, de buena mañana, yo estaba en el suelo, con los ojos cerrados, sin fuerzas ni aliento, cuando oí tu voz.

—¿Qué te pasa? —me preguntaste, asustado.

—Angustia —dije.

—¿Por qué?

No podía responderte porque no lo sabía. La angustia se había adueñado de mí sin motivo. Apretando con fuerza el nudo, me oprimía el estómago, los pulmones, el corazón y también la garganta, me ahogaba y no me dejaba respirar ni pronunciar tu nombre.

Pero, por fin, al cabo de apenas unos minutos o quizá unas horas, ¿quién podría decírmelo?, grité. No sé ni cómo fui capaz de hacerlo. No sé de dónde nació aquel grito de dolor. Solo recuerdo que caí al suelo exhausta y cerré los ojos.

—¿Quieres que volvamos a Prades?

Tus palabras salvadoras.

—Sí, sí que quiero. Volvamos a casa, por favor.

—De acuerdo —dijiste, intentando calmarme—. Estate tranquila. No pasa nada, aquí hace demasiado frío.

Y era verdad. En Zermatt hacía frío, demasiado para mis huesos y también para los tuyos, un frío insoportablemente gélido para mis miedos, el miedo a morir lejos de ti y dejarte solo, el miedo a que murieses lejos de mí y quedarme sola; los mismos miedos que ambos sentimos aquella noche en el tren. Sé que recuerdas aquella noche y aquel tren tan bien como yo. Hemos hablado de ello muchas veces. Viajábamos en el mismo coche cama, pero en compartimentos diferentes. Tú, en un extremo del vagón y yo, en el otro. Siempre hemos guardado las formas. Juntos, pero separados, casado y viuda, católicos adúlteros.

Y, a medianoche, el tren descarriló.

—No había pasado tanto miedo en la vida —me dijiste un día.

—¿Más que cuando vivíamos rodeados de nazis? —recuerdo que te pregunté.

—Sí, más todavía.

Y es que, tiempo después de aquel accidente ferroviario, durante los años que tuvimos que convivir con las esvásticas, casi como prisioneros, el terror fue una constante en nuestras vidas. Siempre con el corazón en un puño, esperábamos la visita de los alemanes. En las calles había gente que te acusaba de esconder armas, de apoyar a la resistencia o de ejercer de enlace de los maquis. Sabíamos que los alemanes vendrían a vernos, ignorábamos con qué propósito —detenernos o tal vez asustarnos sin más—, pero sabíamos que vendrían.

Los estábamos esperando, y al fin, una mañana la Gestapo llamó a la puerta.

Eran tres, tres jóvenes oficiales, educados y cultos. Te conocían, parecían saberlo todo de ti. Uno dijo que sus padres te habían visto tocar en Berlín y que tenían un recuerdo maravilloso de aquel concierto. ¡Cómo te admiraban sus padres! ¡Qué ilusión explicarles que te había conocido!

Los tres alemanes se pasearon por casa durante casi dos horas. Lo registraron todo, todo lo manosearon. Bajo su amable disfraz, venían cargados de amenazas.

—Si encontramos lo que estamos buscando, habrá consecuencias —advirtió el oficial de rango más alto. Y aún añadió—: Está usted en nuestra lista.

—¿Qué lista? —te atreviste a preguntar.

—La lista de los enemigos del Reich, naturalmente.

Ambos sabíamos lo que significaban aquellas listas: una detención violenta, acusaciones falsas, interrogatorios absurdos acompañados de terribles sesiones de tortura, una condena a muerte o la deportación a un destino que, aquel día y en aquel momento de angustia, solo podíamos intuir como un final terrible.

Antes de marcharse, el oficial cogió tu violonchelo y lo sacó del estuche. No soy capaz de describir el miedo que vi en tus ojos. Temblabas, sentía tu temblor dentro de mí. Mientras él sostenía el instrumento, los otros dos pellizcaban las cuerdas y se reían.

—¿Es el del concierto de Berlín?

—Sí —contestaste.

—¿Y no le gustaría volver?

—¿A Berlín?

—Naturalmente.

Rechazaste la propuesta. Para excusarte, dijiste que tus ataques de reuma ya no te permitían viajar y tocar como antes. Pero el oficial insistió. Quería convencerte de que la nueva Alemania defendía y protegía a sus artistas.

—Hable con su amigo Furtwängler, él conoce mejor que nadie el interés especial que siente el Führer por la música y los músicos.

Pero Wilhelm Furtwängler no es amigo tuyo. Lo respetas, eso sí. Lo admiras, eso también, como compositor y como director de orquesta. Y él también te admira a ti. «Quien no haya escuchado a Casals no conoce el sonido del violonchelo», ha dicho más de una vez. Siempre le has agradecido los elogios, pero nunca has comprendido su ambigüedad moral.

En julio del 33, y recuerdo la fecha porque me resulta imposible olvidarla, Furtwängler te escribió una carta, yo diría que desesperada. Con la elegancia y la contención que lo caracterizan, lamentaba que hubieses rechazado su invitación a tocar con la Filarmónica de Berlín durante el mes de diciembre y, como de pasada, te hacía responsable del futuro de los músicos judíos y del futuro de la vida musical en Alemania. En su opinión, tu negativa no hacía más que empeorar las cosas. También tu amigo Hubermann y otros artistas internacionales se negaron a tocar en Berlín aquel invierno, y todos recibisteis la misma acusación por parte de Furtwängler.

«Me habéis dejado solo con el problema», os escribió.

Furtwängler pretendía demostrar que Alemania seguía defendiendo la música y la cultura. Creía que, si aceptabais su propuesta y conseguía reuniros en Berlín, el mundo entendería que el amor de los alemanes por la música permanecía intacto, que Alemania amaba el arte y a los artistas tanto como los había amado siempre y, sin lugar a dudas, por encima de criterios ideológicos y políticos.

¿Estaba ciego? ¿No veía que lo único que defendían los nazis era la superioridad de la raza aria? ¿No veía que sus teorías sobre la raza y las leyes que las sustentaban eran la manera de justificar los crímenes que querían cometer? ¿No entendía que el problema no era defender o no la cultura, sino defender o no la vida, y que lo que aquel problema exigía de todos nosotros, del mundo entero, era una respuesta contundente, un sí o un no categóricos? Supongo que no, y desconozco si a estas alturas ya lo habrá entendido o si seguirá empeñado en que los artistas deben vivir al margen de razones políticas, incluso cuando esas razones conllevan la destrucción del hombre. No, Furtwängler no es tu amigo, pero es posible que aquellos jóvenes oficiales ya lo supieran.

Pese a todo, el terror de la amenaza nazi no era comparable al que habíamos vivido años atrás, la noche que nuestro tren descarriló.

Recuerdo la oscuridad. Recuerdo el estrépito y los gritos de los pasajeros. Recuerdo el vagón boca abajo, lejos de las vías, bloqueado, el camino cubierto de nieve, la ferralla que me hería los pies descalzos.

Grité tu nombre, pero no me oías. Tú gritabas el mío, pero yo tampoco te oía a ti. Qué instante de horror. Ambos tuvimos la certeza de la muerte. Ambos sentimos la punzada del dolor más auténtico, el que nace de la pérdida del otro y que, para ti y para mí, era a la vez la pérdida de la propia vida. ¿Cómo iba a vivir sin ti? Y tú, ¿cómo te las arreglarías para vivir sin mí?

Aquella misma certeza y aquel mismo terror, como dos rayos violentos, me atravesaron el cuerpo y la conciencia hace tres días en Zermatt.

—Me he sentido como aquel día en el tren, como si estuviera a punto de morir. Y no quiero morir aquí.

No supe explicártelo de otro modo.

Me entendiste e interrumpiste tus clases de inmediato, hicimos el equipaje, nos disculpamos con nuestros amigos y nos despedimos. Me cogiste la mano —el calor de tu piel me salva siempre— y ya no me dejaste hasta que entramos en casa, una casa que hemos hecho nuestra a la fuerza, obligados a vivir rodeados de montañas, tan lejos de nuestro mar, tan lejos de nuestro hogar, un castigo que se antoja injusto y eterno.

Nuestro amigo el doctor vino a verme en cuanto pudo.

—Son nervios —dijo.

«Pero ¿por qué iba a estar nerviosa?», pensé.

—Nervios y cansancio.

Sí, eso sí que es verdad. ¡Estoy tan cansada, Pablo! Nunca me quejo, nunca te lo digo, pero estoy más que cansada.

—Le conviene reposo —sentenció el médico.

Llevo tres días haciendo reposo. Me duermo, me despierto y me vuelvo a dormir. A veces sueño. Desde la cama, oigo tu voz, que me llega a través de las notas del violonchelo. Mis dedos siguen a Bach por encima de las sábanas mudas, por encima de mis ropas, por encima de esta mesa, por encima de la hoja en la que escribo. Bach, que nos ha dado tanto, que nos ha hecho sentir más allá de nuestros torpes sentidos.

Hice caso al médico, descansé, y ahora que me encuentro mejor, vuelvo a coger papel y pluma, y retomo mi relato.

Te escribo esta carta, una carta como las que te escribía cuando estábamos lejos el uno del otro. «Querido Pablo», empezaba siempre así, y a continuación te decía las ganas que tenía de volver a verte, con qué ansia esperaba noticias tuyas.

Llevo toda la vida escribiendo cartas: a mis padres, a mis hermanas, a mi marido, a mis primos, a mis hermanos, a tu madre, a mis amigos, a ti.

Me gustan las cartas, escribirlas y recibirlas también. Cuando mi padre viajaba, siempre por motivos profesionales, y pasaba días y semanas lejos de casa, nos escribía unas cartas llenas de ternura. A veces mandaba cuatro o cinco al mismo tiempo: una para mi madre —«Mi querida Celes», le decía siempre—, una para Lluïsa, una para Mercedes, otra para mí... Otras veces con una sola le bastaba para hablar con todas nosotras. En aquellas ocasiones, madre nos reunía y nos la leía en voz alta.

Comencé a escribir este relato hace tiempo, puede que más de un año o dos. La culpa es de Alyn. Ella me metió en la cabeza la idea de escribir. Desde que la conocí, los recuerdos me persiguen y me empujan a ordenar mis pensamientos, a recuperar los colores de la memoria que poco a poco se diluyen.

Me había propuesto escribir algo para mis sobrinos. Les contaría cómo vivíamos, les hablaría de la familia, de mis abuelos, de mis padres, de los tíos franceses y de nuestros antepasados más lejanos. Les describiría escenas familiares, les hablaría de música, de pintura, de nuestra ciudad, de nuestra forma de vida y de cómo cambió todo cuando llegó la guerra.

Esa era mi idea cuando empecé a escribir, pero no tenía ni veinte páginas cuando me di cuenta de que escribía para ti.

Pero ¿por qué te escribía, si estabas a mi lado? ¿Por qué te escribo, si te tengo tan cerca?

Te escribo, Pablo querido, porque hay cosas que es mejor decirlas en silencio y de golpe, sin que el otro escuche ni interrumpa. Escribirte me resulta más fácil que decir de viva voz lo que quiero decirte. Quiero que quede escrito que, a las puertas de la muerte —sí, a las puertas de la muerte, porque diga lo que diga el médico sé que ya tengo un pie en la fosa—, a las puertas de la muerte, pues, y en este penoso exilio, decido rebelarme.

Michouline está conmigo, acurrucada a mi lado, dándome calor. ¿Quién dice que los gatos no son fieles? Esta gata no me deja sola. Me mira de un modo que parece que me lea el pensamiento, como si pudiera ver las imágenes que se despliegan ante mí, ahora una, luego otra, alejadas en el tiempo, dispersas en la memoria. Un álbum siempre abierto de imágenes que van y vienen solas.

En el escenario, el acróbata japonés abre su abanico y libera centenares de mariposas blancas.

Cada mariposa me trae una imagen; cada imagen, un recuerdo.

La vida que hemos vivido vive aún dentro de mí.

En estos tres días, en estas tres largas noches que llevamos en casa, he pensado bastante en las posibles causas de mi crisis nerviosa. Una crisis como aquella no nace de la nada, y ahora ya sé lo que pasó.

La noche antes de mi ataque de angustia, seguro que te acuerdas, cenamos con un chelista de Bélgica, un joven admirador que quiere escribir tu vida. Ni yo lo conocía ni él me conocía a mí. Cuando nos presentaste, dijiste:

—*Elle est Madame Capdevila, la dame qui prend soin de moi.*

Fue esta frase, una frase que has dicho y que te he oído decir y repetir cientos, miles de veces, lo que me hizo daño. Y me hizo tanto daño, y fue tan grande el dolor que me infligió, que rompí el nudo que me oprimía y grité hasta quedar tendida en el suelo, exhausta y sin aliento.

Después de tantos años, sigo siendo la mujer que te cuida.

Querido Pablo, te regalo estos papeles.
Mi relato, mi rebelión.

El día que mi profesor de violonchelo desapareció, en casa se produjo un gran alboroto. Josep Garcia se había ido a Argentina de forma imprevista y urgente. Nos dijeron que había aceptado una oferta profesional irrechazable, pero también que había tenido que huir de Barcelona por motivos amorosos. Y fue esta segunda explicación la que más convenció en casa. Motivos amorosos, ¡qué escándalo! Para mi madre, lo que había hecho mi profesor era digno del folletín más vulgar; para mi padre, una aberración. Para cualquiera de las personas que más se relacionaban con nuestra familia, ya fuera en los talleres y la tienda de padre, en los cafés de Barcelona o en los salones de casa, aquello fue un descalabro monumental, un delito, el abominable comportamiento de un espíritu envenenado por el vicio. Mis hermanas mayores, Mercedes, Júlia y Maria, también lo consideraban inmoral, pero al mismo tiempo no podían evitar sentir cierta envidia. No es que envidiaran a mi profesor o a su amada, fuera quien fuese; envidiaban el amor, un amor que mis hermanas, todas menos Lluïsa, que no tenía ningún interés en los asuntos *du coeur*, imaginaban poderoso y absoluto.

Pero ¿de quién estaba enamorado Josep Garcia? ¿De una

alumna demasiado joven todavía para valorar los riesgos de una relación desigual? ¿De una mujer casada, capaz de exponerse a perderlo todo y arriesgar la paz del nido? Y a Argentina, ¿se habían ido juntos o se había marchado solo él, huyendo del revólver de un marido celoso? Durante días, oí y escuché las conversaciones de unos y de otros sin sacar nunca nada en claro. No sabía qué pensar. Tenía quince años, hacía cinco que estudiaba violonchelo y aspiraba a convertirme en una concertista de prestigio. Había crecido al amparo de todos los que creían en mi talento; un talento que, según mi familia, había heredado del abuelo Bernat y de mi madre, Mercedes Puig, una mujer culta que sabía idiomas y que poseía un don natural para la música. Oír cantar a mi madre era una auténtica delicia. Ojalá yo hubiese sabido cantar como ella, pero no, no tuve la suerte de heredar su voz. Sí que me legó ciertas aptitudes para la música y, no sé si por suerte o por desgracia, me transmitió también su carácter de mujer sumisa.

«¿No te da pena madre?», me había preguntado Lluïsa más de una vez. «¡Con lo bien que canta!». «¡Con la de cosas que sabe hacer!». «¿Qué falta le hacía tener tantos hijos?». «¿Por qué la vida de una mujer debe limitarse al ámbito del hogar?». «¿No puede una mujer ser feliz sin esposo ni hijos?». El caso es que, para Lluïsa, las virtudes artísticas de madre se habían malogrado con el matrimonio y vivían sepultadas bajo su condición de esposa sufrida.

«Te aseguro que yo no seré como ella», decía a menudo, pero luego cambiaba el tono y, con dulzura, añadía: «¿No te resulta paradójico, querida Fita, que pese a no querer ser como madre no pueda dejar de agradecerle que sea como es?».

Y sí, ciertamente, aquella afirmación podía resultar contradictoria, pero yo entendía muy bien lo que significaba porque, al casarse, mi madre dejó de vivir su vida para vivir la de mi padre: se convirtió en la esposa ideal, la que vivía a la sombra de su marido y compartía a ojos cerrados su proyecto de vida. Y resultó que aquella comunión con padre, la sumisión a sus deseos, detestable en cualquier mujer según el criterio de mi hermana, fue también lo que permitió nuestra educación, cuyo propósito era convertirnos en mujeres trabajadoras, capaces de ganarse la vida por sus propios medios, sin depender de un marido ni de una herencia. Al fin y al cabo, ¿cuántas mujeres de nuestro entorno se ganaban el pan con sus esculturas o sus cuadros, traduciendo textos del francés, el inglés o el alemán o dando conciertos de música de cámara? Ninguna, que yo recuerde. Había, eso sí, mujeres y muchachas que tocaban el piano o el violín con el objetivo de amenizar las veladas familiares. Había mujeres y muchachas que pintaban acuarelas, flores de invierno, flores de otoño, flores de verano y primavera, flores que decoraban las paredes de sus hogares y que terminaban escondidas dentro de un baúl o cubiertas de polvo en la buhardilla. A nosotras, en cambio, nos preparaban para ser profesionales del arte, lo que a ojos de todos convertía a mi padre en un excéntrico formidable, y a mi madre, en una mujer tan excéntrica como él.

Padre quería una familia numerosa y madre le dio doce hijos, diez niñas y dos niños: Merceditas, Lluïsa, Júlia, Maria, Francesca, Frederic, Marta, Carlota, Claudi, las gemelas Rosina y Flora, y la pequeña Teresa. Flora murió pocos meses después de nacer. No recuerdo nada de aquel momento, así que no sé si fue poco doloroso o mucho. Yo solo tenía ocho años, pero entonces era habitual que las criaturas murieran. Lo que no era nada habitual era que de doce hijos sobreviviésemos once; eso solo ya fue un triunfo para mi padre. Pese a todo, el mayor triunfo llegaría cuando hiciera realidad su sueño de convertirnos en artistas. Mi madre dirigiría nuestra educación hacia ese propósito y lo ayudaría a lograrlo.

Francesc Vidal quería hijos músicos, ebanistas, pintores, poetas, escultores, joyeros. Quería crear una estirpe de hombres y mujeres artistas, quería que el arte fuese para nosotros lo mismo que era para él: nuestra religión y el sustento económico de nuestras vidas. La familia Vidal Puig —padre, madre y once hijos— debía convertirse en una obra de arte total.

Mi padre era un hombre peculiar. A los dieciséis años ya deambulaba por Europa junto a sus amigos, una pandilla de idealistas sedientos de arte, estudiantes privilegiados de los museos y las academias más prestigiosas. De aquella época, la de los años de estudiante de mi padre, nosotros solo sabíamos que habían sido tiempos felices, la clave de su éxito profesional y el origen de su interés por que mi hermana Lluïsa, la más brillante de todos nosotros, y mis hermanos Frederic y Claudi estudiasen en París o en Londres.

Dentro de un viejo joyero creado en los talleres del abuelo Vidal, padre guardaba unos cuantos recuerdos de sus años de estudiante: monedas extranjeras, postales, tarjetas de visita, algunas fotografías... También conservaba, bien ordenados en un álbum, recortes de prensa que hablaban de su éxito, de los días felices en los que cualquier familia de la Barcelona acomodada quería tener un piso decorado con muebles y objetos diseñados, construidos o importados por Francesc Vidal y sus socios.

Un día Lluïsa y yo tuvimos la osadía de revolver entre los tesoros de padre. Estábamos tan absortas en nuestro descubrimiento que no lo oímos llegar.

—¿Qué hacéis? —dijo, con un ligero tono de reproche.

—Ha sido cosa mía, padre —se apresuró a responder Lluïsa para evitar la regañina.

Lluïsa era la niña de sus ojos. Lo sabíamos todos, ella incluida, y también sabíamos que cualquier travesura que se produjese en su presencia o con su participación sería ignorada por nuestro padre. Además, ese día, nuestro atrevimiento despertó en él una cierta nostalgia, un estado de ánimo ideal para hacernos confidencias y promesas.

—¿Habéis visto ya las japonesas?

Lluïsa y yo nos miramos desconcertadas. ¿Qué o quiénes eran las japonesas?

Padre nos quitó el álbum de las manos y empezó a pasar páginas y papeles hasta dar con unas láminas preciosas. Eran unos dibujos a tinta, sencillos, delicadísimos. Los había conseguido en París y estaba más que orgulloso de poseerlos.

—Algún día os llevaré.

—¿A Japón? —Esta vez me las arreglé para contestar más rápido que Lluïsa.

Él se echó a reír.

—No, Frasquita. Quiero que conozcáis París. Sobre todo tú. —Se dirigía a mi hermana—. Es una ciudad prodigiosa, allí es donde se forman los grandes pintores.

—¿Sí, padre? —preguntó ella—. ¿Y cuándo nos llevará?

—Eso aún no sé decirlo, pero os prometo que iremos.

—¿Yo también? —pregunté yo.

—Os lo he prometido a las dos.

Y entonces nos habló de aquella gran exposición, la primera en la que había participado. Había ido con su padre, que quería introducir en Europa los productos Vidal, y lo que había visto allí lo había maravillado.

En París, en el año 1867, había artistas e industriales de todos los rincones del mundo, pero, según padre, el éxito fue de los japoneses. Era la primera vez que Japón participaba en un acontecimiento internacional como aquel, y los japoneses llevaron todo lo que tenían en casa: sables, armas de fuego, especias, juguetes, esculturas, aperos de labranza, maquillaje, barnices y lacas, abanicos de todo tipo, vestidos, muebles e incluso agujas de acupuntura.

—Mirad. —Nos mostró una de las láminas.

—¿Quiénes son?

—Las tres geishas —respondió y nos explicó que, dentro de la exposición, en los jardines del gran recinto, había una gran casa de té construida con maderas provenientes de Japón.

La lámina que nos mostraba reproducía la figura de las tres jóvenes geishas que atendían a los visitantes y oficiaban la ceremonia del té. En el dorso de la ilustración, padre había escrito sus nombres: se llamaban Kane, Sumi y Soto.

Ahora me río. Escribo sus nombres, los pronuncio en voz alta y me río.

Es curioso cómo juega la memoria con nosotros. Hay cosas que han ocurrido hoy mismo y ya he olvidado y, en cambio, recuerdo con nitidez el trazo de aquel dibujo, el nombre de las tres geishas y la voz entusiasta de mi padre.

—Eran hermosas y elegantes; llevaban un maquillaje extraño que les oscurecía ligeramente el rostro y les daba un color como de café con leche. Cuando servían el té, daba la impresión de que sus manos danzaban. Cualquiera de sus movimientos, si alzaban la taza, si preparaban la servilleta o vertían el té, si inclinaban el cuerpo y clavaban la mirada en el suelo o si posaban sus ojos sobre los tuyos, formaba parte de una coreografía meticulosa y estricta. ¡Había tanta belleza en aquellos gestos! Japón es tierra de artistas, aquellos hombres poseen la cualidad principal del artista verdadero.

—¿Y cuál es? —Fuera cual fuese la virtud a la que se refería nuestro padre, Lluïsa ya deseaba poseerla.

—El anhelo de ser perfectos, hija mía, esa es la cualidad que define a un auténtico artista. Y aún os diré más: quienes se atreven a decir que los japoneses son los primeros decoradores del mundo no se equivocan. ¡Qué de cosas podemos aprender de estos grandes artistas! —Luego cogió otra lámina y nos la puso en las manos—. Mirad este dibujo.

Mientras lo mirábamos, examinándolo, intentando descifrar el misterio que había tras los trazos, él siguió hablando.

—Este es uno de los acróbatas de la *troupe* japonesa. Porque no vayáis a pensar que Japón desaparecía cuando salías de la exposición, no, al contrario: las calles y los teatros de París también estaban llenos de japoneses. Lo llenaban todo con sus músicas, sus flores y sus trajes insólitos. Te los encontrabas por todas partes y llevaban siempre un abanico en la mano, ¡era casi imposible ver a un japonés que no llevase uno! —dijo, medio riéndose por la euforia que le despertaba el recuerdo—. ¡Oh, sí, oh, sí! Soñé con todo aquello durante unos cuantos meses. Este hombre aparecía ante el público con dos abanicos, uno en cada mano, y los abría y los cerraba, y los movía arriba y abajo al compás de un extraño instrumento de cuerda. Cada vez que abría uno de los abanicos, liberaba un aluvión de blancas mariposas de papel que nadie sabía ni de dónde salían ni cómo se sostenían en el aire, y cada vez que los cerraba, las mariposas desaparecían...

Hablaba y hablaba, y la forma en que describía el espectáculo era tan sugerente y evocadora que me pareció ver que aquellas mariposas revoloteaban por toda la sala; las imaginaba tan reales que casi podía cogerlas y sentir el tacto de sus alas en las manos. Durante unos segundos extraños, me vi sola en medio de aquella estancia. Desaparecieron los muebles y las cortinas, desaparecieron mi padre y mi hermana; solo estaba yo, ligera, diferente y etérea, y centenares o miles de mariposas blancas volando a mi alrededor.

Mi padre era un hombre capaz de contagiarte su entusiasmo. Trabajador ambicioso, cariñoso y tierno, cuando estaba fuera de casa nos escribía unas cartas llenas de dulzura.

«No os podéis imaginar las ganas que tengo de volver», nos decía.

Y también:

«Añoro terriblemente la felicidad de estar todos juntos. No sé estar fuera del nido, lejos de vosotros».

«¿Obedecéis a vuestra madre?».

«Quiere mucho a tus hermanas, Francesca; debéis quereros siempre las unas a las otras».

«Vuestra madre me ha hablado de los conciertos que dais en casa de nuestros amigos Andreu y Güell. ¿Qué puedo decir? ¡Sois el orgullo de la familia Vidal Puig! Pero no bajéis la guardia, perseverad en vuestros estudios, trabajad mucho para dejar bien alto nuestro pabellón artístico».

«Os envío miles de besos y confío en que me los devolváis cuando llegue a casa».

Y sí, cuando llegaba, cumplíamos su deseo y corríamos a colmarlo de besos. Pero, con los años, a fuerza de disgustos y desgracias, se le agrió el carácter. Una mañana se levantaba contento y amable con todos y pocas horas más tarde era el hombre más arisco de la tierra. Al día siguiente, tal vez se comportase de la misma manera o de otra completamente opuesta. Nos hacía sufrir muchísimo con sus cambios de humor. Podía llegar a ser tan desagradable que a veces, no sin tristeza, rehuíamos su compañía.

Maria, la escritora de la familia, solía compararlo con uno de los personajes de *Le Petit Chose*, una novelita de Alphonse Daudet. No recuerdo el nombre del personaje; recuerdo que era un padre de familia cariñoso y de buen corazón, comerciante de tejidos de seda, al que le cambiaba el carácter tras arruinarse. Se transformaba entonces en un hombre colérico que gritaba contra todo y contra todos, y que tenía a sus hijos tan atemorizados que, cuando la familia se reunía alrededor de la mesa, no se atrevían ni a pedir pan. La comparación de Maria era acertada, porque la mala fortuna, la muerte prematura de nuestra hermana Carlota, nuestros anhelos de abandonar el hogar familiar para crear una familia propia y la gran debacle económica que vivió, en lugar de abatirlo y sumergirlo en la desesperanza y el silencio, lo transformaron en un hombre intratable dentro de casa y en el trabajo, temible incluso según el día.

Mucho antes de aquel cambio de carácter, sin embargo, nos hizo algunos regalos preciosos.

Los veranos en Sitges, el más valioso de todos. Días a orillas del mar que nosotras, las cinco hijas mayores, guardaríamos en la memoria para siempre. Allí, Merceditas, junto a Enric Morera, estrenó su poema sinfónico; Júlia aprendió a montar en bicicleta e incluso ganó una carrera. Lluïsa preparó su primera exposición; Maria escribió su primera antología de poemas en catalán, y yo me enamoré del mar.

El mar, el cielo cálido, mis vestidos blancos, el paseo y la arena, las olas besando mis pies descalzos...

Sin decírselo a nadie, decidí que un día ese mar sería mi hogar.

El profesor de pintura de Lluïsa, amigo de padre, vivía en Sitges y estaba convencido de que aquel pueblo de pescadores era el lugar ideal para mi hermana. «En ningún otro sitio encontrará un cielo con una luz tan intensa como en Sitges —le había dicho a padre—. Además, hay una gran actividad artística, cada día más, la cosa avanza a un ritmo frenético. Si no va ahora, ya será demasiado tarde. Créame si le digo que en Sitges uno, el arte, lo respira».

Recuerdo el momento en el que padre nos dio la noticia como si fuera hoy: «Familia, este año pasaremos el verano en la playa —nos dijo—. De momento, se acabó subir a la montaña. Un cambio nos sentará bien a todos. El sol y los baños de mar son excelentes para la salud y, además, Sitges es el lugar donde veranean los artistas de hoy».

Aquella gran noticia nos alborotó a todos. Empezando por mi hermana mayor, Mercedes, que ya tenía veinte años, y acabando por la más pequeña, Teresa, que solo tenía dos, todos saltamos de alegría. Pasar los meses de verano en la montaña se había convertido en una rutina más de nuestra vida, pues sabíamos muy bien qué nos encontraríamos si volvíamos a Gurb en agosto; en cambio, la idea de pasar el verano a orillas de un mar desconocido nos obsequiaba con una incertidumbre fabulosa. ¡Con qué ilusión elegimos la ropa y los modelos de nuestros vestidos de verano! ¡Con qué placer preparamos los baúles y las maletas! Y, cuando lo tuvimos todo listo, venga, para allá que nos fuimos, a respirar y llenarnos los pulmones del arte impoluto de Sitges.

A los pocos días de llegar, ya éramos populares. Incluso la prensa hablaba de nosotros. Y no era de extrañar. De entrada, porque una familia tan numerosa como la nuestra por fuerza llamaría la atención y, finalmente, porque nuestro padre era un hombre célebre. Se le consideraba una especie de industrial revolucionario. «Hierros, maderas, tejidos, todo lo que pasa por sus manos adquiere un aire artístico cautivador», afirmaba la prensa. Padre fue el primero en crear una fundición artística en Barcelona y convirtió sus talleres en una auténtica escuela de artesanos. Allí, trabajando, día a día, se formaban ebanistas, decoradores, vitraleros, dibujantes, grabadores, mueblistas, escultores... Todos sus clientes eran personas distinguidas. Los reyes le encargaron la decoración de sus dependencias en Madrid y también la de sus residencias de verano. Cuando murió Alfonso XII, la corona mortuoria, de hierro forjado, se diseñó y se fundió en los talleres Vidal, y unos cuantos meses más tarde, a comienzos de primavera, le encargaron que construyera la cuna del futuro Alfonso XIII. Por eso la prensa de Sitges hablaba de nosotros: éramos las hijas y los hijos de «Vidal, el de los muebles», y nuestra casa era «la casa de la belleza y el arte».

Algunas mañanas Lluïsa cogía sus bártulos y se iba a la playa a trabajar con aquella luz preciosa; otras, recorría las calles y las casas del pueblo hasta encontrar a alguien que quisiera hacerle de modelo. Por la tarde caminábamos arriba y abajo por el paseo, presumiendo de vestidos y sonrisas, ilusionadas, anhelando las miradas masculinas. Por la noche dejábamos abiertas las puertas y las ventanas de casa para regalar nuestra música a quien quisiera escucharla. Mercedes al piano, Júlia al violín y yo al violonchelo hacíamos ya algunas sesiones de música de cámara. También cantábamos y, a veces, madre cantaba con nosotras. Al día siguiente salíamos de excursión y subíamos a la ermita o volvíamos a la playa, nos persignábamos antes de meternos en el agua y, de la mano, caminábamos hasta donde rompían las olas y esperábamos entre saltitos y gritos el golpe frío de la espuma. Luego, a la hora de siempre y por más cansadas que estuviésemos, volvíamos a presumir de nuestras ilusiones por el paseo, esperando el estallido de la primera aventura amorosa.

¿Cuál de las cinco sería la primera en caer en los brazos del amor? ¿Cuál sería, reuniendo la valentía suficiente para defender sus sentimientos ante padre, la primera en proclamar sin temores ni vergüenzas que el amor debía vivir por encima del arte?

No sería Lluïsa, eso estaba claro.

Cada vez que un joven se le acercaba, Lluïsa fingía ser la muchacha más antipática del mundo; lo espantaba, no le daba ni una oportunidad. Maria contemplaba aquellas escenas con enojo y nos hacía reír a todas. «No es justo —decía—. Nuestra hermana se sacude a los pretendientes como si fueran pulgas mientras nosotras nos morimos de aburrimiento. ¡Ah! *C'est la misère!*».

Justo o injusto, Lluïsa no tenía tiempo para los chicos. No quería distracciones, no quería que nada ni nadie la alejase de la pintura. «Y tú tendrías que hacer lo mismo —me decía—. ¿O es que no quieres dedicarte a la música?». Y yo le contestaba que sí, que quería dedicar mi vida a la música, pero que también quería sentirme amada, amar, casarme y tener hijos. «Pensar así es un error, Fita —me decía ella—. No podrás tenerlo todo. Si te casas, dejarás de tocar». «Concéntrate en la música. Tienes un don, no lo abandones».

Yo admiraba a mi hermana, envidiaba su actitud, su firmeza, su capacidad de concentración, la forma en la que todo aquello que no iba encaminado a alimentar y engrandecer su arte dejaba de existir. Quizá en algún momento incluso llegué a pensar que quería ser como ella, pero mi carácter era otro. Yo quería las dos cosas, música y familia, y estaba convencida de que podría tenerlas.

Antes de elegir el violonchelo, aprendí a tocar el piano y el violín. ¡Si pudiera revolver en los cajones de los muebles del piso de Barcelona! Pero ¡qué lejos queda ahora Barcelona! ¡Qué lejos, San Salvador! Si pudiera volver a casa, si pudiera entrar y rebuscar en armarios y cajones, encontraría aquella fotografía mía, esa en la que salgo con el violín. Pienso en esa imagen y es como si la tuviera delante de los ojos. Cinco o seis años, vestidito corto, botines de media caña, la mentonera del violín bajo la barbilla, el arco en posición de descanso, con la punta casi tocando el suelo, y la mirada elevada, como si esperase una nueva orden. Me gustaba tocar el violín, me gustaba muchísimo, pero un día tuve que cambiarlo por el violonchelo. «Quiero que toquéis música de cámara —dijo padre—. Merceditas tocará el piano, Júlia el violín y tú, Francesca, el violonchelo». Y así nació el Trío Vidal Puig.

No tardé en descubrir que el violonchelo era un instrumento pesado y difícil, incluso cruel. Las mujeres teníamos que tocarlo con las piernas cerradas o de lado, cosa que a menudo se convertía en una auténtica tortura. Te dolía la espalda, te dolían los brazos, las piernas, las manos, hasta las uñas, pero el sonido era tan bello que al final te convencías de que el sufrimiento merecía la pena. Mis clases de violonchelo, que comenzaron cuando tenía diez años, habrían de continuar hasta que Josep Garcia me convirtiera en concertista y profesora. Ese era mi destino, el que mis padres habían previsto para mí: dedicaría mi vida a la música; la música me alimentaría el alma, y el dinero que ganase como profesora, el estómago y mis caprichos de mujer presumida. Pero entonces estalló el escándalo Garcia y el suelo empezó a temblar bajo nuestros pies. Todo, el ideal de mi vida como persona adulta y la empresa familiar y artística de padre, corría el riesgo de hundirse. La huida del maestro me dejó huérfana. ¿Cómo lo haría a partir de entonces? ¿De qué me habrían valido la dedicación, la disciplina, el esfuerzo y el dolor físico si el hombre que debía llevarme por el camino del éxito me abandonaba?

—Buscaremos a otro profesor —dijo padre.

—Garcia es el mejor... —respondió madre.

—Sí, Celes, pero tenemos que buscar a otro.

—No sé. ¿A quién vamos a encontrar que sea como él?

—Me han dicho que el niño ha vuelto a Barcelona.

—¿Qué niño? —preguntó mi madre.

—Lo llamaban «el niño» cuando tocaba en el Café Tost. Pensaba que te había hablado de él.

—¿En ese donde hacen ese chocolate tan rico y a veces tocan zarzuelas?

—Sí, ese mismo.

—Quizá sí que me hablaste de él. Pero ya no será un niño.

—No sé qué edad tiene. Pasó dos años en Madrid estudiando bajo la protección de la reina. También ha estudiado en Bruselas. Y dicen que ahora sustituirá a Garcia en la escuela de música.

—A ver...

Y mientras mi futuro como mujer independiente se desvanccía, me quedé quieta, pensando y tratando de entender la naturaleza de los motivos amorosos que podían llevar a un hombre a dejarlo absolutamente todo, casa, familia, amigos y país. ¿Qué era el amor? ¿Cuál era el modo más verdadero de amar? ¿El amor implicaba siempre una renuncia?

Llegaste a casa un 2 de enero.

Acababas de cumplir diecinueve años; yo cumpliría dieciséis en verano.

No soy capaz de explicar las emociones que nacieron en mí ese día.

Padre te había oído tocar en los cafés y confiaba en ti, pero madre dijo bien alto y bien claro que no depositaría mi talento en tus manos si antes no quedaba convencida de tus cualidades como maestro. Así pues, lo primero que tuviste que hacer fue tocar para ella. ¿Qué tocaste ese día? ¿Una pieza de Haydn, quizá? ¿Dvořák? No lo recuerdo. Recuerdo, eso sí, que mientras tocabas yo te escuchaba a escondidas.

Luego se hizo un largo silencio y, después del silencio, se oyó la voz de padre.

—Frasquita. Ya puedes venir, hija.

Paralizada detrás de la puerta, fui incapaz de responder.

—Pero ¿dónde está esta criatura?

—Estaba ahí fuera —respondió madre.

Gritaron mi nombre una vez más.

—¡Francesca!

Y no me quedó más remedio que salir de mi escondite y

reunirme con vosotros. Entré en la sala con la mirada clavada en el suelo.

—¿Dónde estabas, hija? —me preguntó mi madre, siempre dulce.

—Perdón —respondí, sin aclarar el motivo de mi tardanza.

No me atrevía a mirarte. Me habías conmovido, me habías hecho llorar de emoción y no quería mostrarte mis lágrimas. Me habría muerto de vergüenza si las hubieses visto, por eso había tardado tanto en responder y por eso mis ojos evitaban los tuyos.

—Esta es mi hija Francesca. Tiene un talento especial para la música, bueno, todas mis hijas lo tienen, pero ella quizá sienta la música un poco más que las demás.

—Encantado de conocerla.

—Igualmente —te respondí, rehuyendo todavía tu mirada.

—Querría escucharla. Si pudiera tocar alguna pieza para mí...

—Pues claro que puede —se me adelantó padre—. Siéntate, hija, siéntate y toca Schubert. Tu madre te acompañará al piano.

—No. Tocaré Mendelssohn, la canción sin palabras.

Para tocar aquella pieza no necesitaba ni acompañamiento ni partitura. La había tocado infinidad de veces. Por eso la elegí: me daba seguridad. Mendelssohn la había compuesto para Lise Cristiani, la joven francesa a la que todo el que pertenecía al mundo musical consideraba la primera violonchelista profesional. Treinta o cuarenta años antes de mi nacimiento, Cristiani ya recorría Europa con su violonchelo y enamoraba a todo aquel que la escuchaba tocar. Decían que Mendelssohn había asistido en Leipzig a uno de sus conciertos y que, maravillado por su talento y por la belleza de su interpretación, compuso aquella pieza para ella. Cristiani era una mujer atrevida y valiente, una excepción, porque si no hubiera sido excepcional jamás se habría atrevido a cruzar Siberia y el Cáucaso. Elegir su canción, de algún modo, era como decirte: «No soy una más de las muchachas burguesas a las que usted dará clase, mi relación con la música no es decorativa, yo quiero ser Lise Cristiani, yo quiero recorrer el mundo con mi violonchelo».

Conocer la melodía no me sirvió de gran cosa.

Creo que aquella fue la peor interpretación de mi vida.

La vergüenza me ardía en los labios y las puntas de los dedos. Tocaba nerviosa, sin mirarte, sin mirar a nadie, con la mirada fija en el movimiento del arco.

—Pare, deténgase un momento. —Alzaste la voz. Hablabas con cierta severidad.

Yo ya sabía que no lo estaba haciendo bien y aun así, como te lo he dicho muchas veces, me dio rabia que no me dejases terminar. Me detuve, obediente, pero seguía sin mirarte. Por nada del mundo quería coincidir con tus ojos y que descubrieras la turbación que me producía tu presencia.

—¿Puedo preguntarle por qué no abre las piernas?

La pregunta me chocó; mis padres también la recibieron con extrañeza. Yo me había sentado como siempre, con las piernas cerradas, el violonchelo delante de los pies y el cuerpo ligeramente inclinado hacia delante.

—Así estoy bien —contesté.

—Seguro que sí, pero ¿por qué no prueba a abrir las piernas?

—¿Puedo? —pregunté a mis padres.

—El sonido mejorará si cambia de postura —insististe tú.

Finalmente padre asintió y me hizo un gesto con los brazos como diciendo: «Adelante, hija mía, prueba a ver qué sale de todo esto». Así que abrí las piernas y me coloqué el violonchelo como hacían los hombres, sujetando suavemente la caja de resonancia con las rodillas y dejando que el resto del instrumento buscara un punto donde apoyarse, cerca del corazón.

—No empiece todavía —añadiste mientras te acercabas a mí.

Con la vista en el suelo, seguí tus pies. Tus pasos enseguida se perdieron detrás de mí. Nerviosa, esperaba una palabra, una indicación, y, de repente, sentí tu mano en mi hombro, una caricia inesperada que encendía mi deseo.

—El movimiento debe ir desde aquí hasta la mano. Tiene que tocar con todo el brazo, no solo con la mano. Y lo mismo, con el brazo izquierdo. Las manos deben crecer, deben abrirse, han de moverse libres sobre las cuerdas.

—No me lo han enseñado así —repuse con cierta arrogancia, quizá incómoda por lo que estaba sintiendo.

Había aprendido a tocar el violonchelo con los brazos pegados al cuerpo. Tenían que estar quietos, inmóviles; así era como me habían enseñado durante años, a lo largo de cientos o tal vez miles de lecciones. Para acostumbrarme y evitar cualquier movimiento involuntario, en las clases practicaba con unos libros bajo las axilas. Y entonces venías tú y me decías que todo lo que había aprendido antes de que llegases, que todos mis esfuerzos, el dolor, las horas de estudio y la tortura sufrida no valían para nada.

—Libérese de todo lo que ha aprendido —añadiste—. Déjese llevar, la rigidez no nos ayuda.

Volví a mirar a mis padres. Ambos asintieron. Solo entonces te hice caso. Empecé a tocar y me sobrevino una sensación desconocida, como si acabara de desprenderme de un pesado manto, como si me sintiera extrañamente libre, extrañamente poderosa.

—La música no debe salir del violonchelo, la música debe salir de usted. Es usted, Francesca, quien debe hacer hablar al instrumento, es su voz la que queremos escuchar.

Seguiste hablando; no sé cuántas cosas más dijiste porque llegó un momento en el que dejé de escucharte. Solo tocaba. Tocaba y me sentía libre. Tocaba y me sentía lejos. Tocaba y era feliz.

—Muy bonito. Sí. Era eso. Era justo eso —dijiste cuando terminé la pieza.

Y en ese preciso instante me atreví a mirarte.

Tenías el mar en los ojos.

El mar, mi hogar.

Anhelaba el momento de reencontrarme contigo. Venías dos o tres veces a la semana, siempre en función de tus compromisos. Cada treinta o cuarenta minutos de lección, hacíamos diez de descanso y caminábamos por la sala mientras me dabas conversación. Una tarde, mientras conversábamos, resultó que Josep Garcia también había sido tu primer profesor. Es más, resultó que no habías visto nunca un violonchelo ni habías oído cómo sonaba hasta que un día, cuando tenías once o doce años, asististe a un concierto de música de cámara. Josep Garcia era el violonchelista y, para cuando acabó el espectáculo, ya sabías cuál habría de ser tu camino en la vida.

Me dijiste que la figura del maestro Garcia era perfecta para tocar el violonchelo, que su cuerpo se adaptaba a él de forma exacta, como si estuviese hecho a la medida del instrumento, y que nunca habías visto unas manos tan bellas como las suyas sobre las cuerdas.

—A mí me hacía gracia su bigote, tan espeso y tan retorcido hacia arriba. Exageraba la moda, a mi modo de ver. Demasiada cera. Quería parecer severo y más bien resultaba gracioso.

Lo dije sin pensar y ya me estaba arrepintiendo antes de acabar de decirlo. Me tapé la boca con la mano, avergonzada. Había hecho un comentario ridículo, había hablado como si en lugar de hablar con mi profesor lo estuviera haciendo con mis hermanas. Pero ¡si tú también llevabas bigote! No era tan retorcido como el del maestro Garcia, pero también era un bigote espeso, tieso y a la moda. La vergüenza vino acompañada de una idea dolorosa: ¿y si de repente me habías imaginado haciendo comentarios ridículos sobre tu persona, sobre tu físico o tu manera de enseñar o vestir?

—Pero era muy buen profesor —añadí para arreglar un poco el desastre.

Entonces te echaste a reír, y tu carcajada, como una ráfaga de viento, se llevó mi vergüenza.

—Sí que lo era. Un maestro sabio y exigente —respondiste.

Estuve de acuerdo contigo. Por su exigencia, por su sabiduría, se le consideraba el mejor profesor de violonchelo de la ciudad.

—¿Y cómo se tomó que usted se negara a tocar con los libros bajo los brazos? —me atreví a preguntar.

—Salió de la sala —me explicaste tú entre risas—. «Prefiero no verlo», me dijo. «Pero toque, toque, no se apure, lo escucharé desde fuera». Entonces toqué y debió de gustarle, porque desde ese momento me dejó hacer cuanto quise. Es un hombre extraordinario.

—Yo no le oí jamás un cumplido. Si hacía las cosas mal, me lo decía, pero si las hacía bien...

—Seguro que alguna vez, mientras usted tocaba, se puso de pie y le dio la espalda.

—Sí, es verdad, una vez lo hizo. Me acuerdo porque me pareció raro.

—Era su forma de decirle que había tocado bien.

—¿De verdad?

—Estoy convencido. Creo que nos daba la espalda para no tener que reconocer que lo habíamos emocionado.

—Imagino que con usted debía de hacerlo a menudo.

Había vuelto a hablar como una criatura. No dijiste nada, pero ¡cómo sonreían tus ojos!

«¿Estás contenta con el nuevo profesor?», me preguntaban de vez en cuando padre o madre. Y yo les contestaba que sí, que tus clases me ayudaban a mejorar, que estaba convencida de que tu forma de enseñar, tan distinta a la de Garcia, la de Granados y la de los otros profesores que las muchachas Vidal habíamos tenido, era la más adecuada para mí.

«¿Qué quería expresar el músico cuando compuso esta pieza?», preguntabas cada vez que nos enfrentábamos a un tema nuevo. «¿Era alegría lo que quería expresar?». «¿Era dolor?». «¿Anunciaba el nacimiento de un hijo, tal vez?». «¿Lloraba la muerte de un amigo?». Era necesario entender el propósito y la emoción del compositor, revivirla antes de transmitirla.

«¿Y usted, canta? —preguntabas también—. Debe cantar cuando esté sola; cante, deje que la pieza que ha de tocar entre primero en su interior, hágala suya, solo si la siente suya podrá transmitirla después con el instrumento».

A veces me acompañabas al piano. Otras veces te sentabas delante de mí con tu violonchelo y me guiabas.

Cuando te concentrabas mucho, cerrabas los ojos y dejabas escapar unos gruñidos muy graciosos.

«Pa-pam. Pa-pam. Pa-pam», cantabas para establecer el ritmo.

«Mp-zap, mp-zap», decías cuando querías indicar un movimiento sincopado.

«Tai-tia-tia-tai», si los movimientos iban ligados.

Y si alguna vez me atrevía a explicar tu método a mis hermanas y repetía aquellas onomatopeyas, ellas se reían y me imitaban.

«¿Os burláis?», protestaba yo, molesta. Y entonces sus carcajadas sonaban cada vez más fuertes, pero no se burlaban, se reían del entusiasmo que ponía yo en el relato, ilusionadas, porque habían adivinado lo que empezaba a sentir por ti.

—Aprovecha todo lo que puedas, Frasquita —me dijo un día madre—. El joven Casals no tardará en irse a ver mundo.

—¿Os lo ha dicho él? —Me inquietaba la idea de perderte.

—No nos lo ha dicho nadie, pero Casals es un gran artista y está llamado a grandes logros. Lo sé desde el primer día que lo oí tocar.

—No te preocupes, hija mía —dijo entonces mi padre—, pronto tocarás tan bien como él. Ya no necesitarás a ningún otro maestro.

Pero mi ilusión no era tocar como tú. Mi ilusión era verte entrar en mi casa con un pliego de partituras bajo el brazo y que me dijeras: «He compuesto esto para usted». Mi ilusión era oírte hablar con padre y que le dijeras: «Señor Vidal, amo a su hija». Mi ilusión era revivir contigo la historia de mis abuelos maternos, Bernat y Suzanne. El abuelo Bernat, profesor de Solfeo y Composición, se enamoró de una de sus alumnas, Suzanne. Los padres de ella se oponían al matrimonio, pero el abuelo insistía, le demostraba su amor día sí, día también, le decía «Suzette, querida», le escribía valses y canciones. ¿Y Bach? ¿Acaso no compuso Bach canciones para Anna Magdalena? ¿No podías hacer tú lo mismo? ¿No me escribirías ninguna canción?

Los recuerdos vienen a mí sin llamarlos, y ahora me llega el eco de una tarde de lluvia.

Todavía llovía cuando llegaste a casa. Venías triste. El azul mar de tus ojos se había teñido de gris.

—¿Es que hoy no se encuentra bien? —te pregunté.

—Me abruma la complejidad de las Suites...

—No lo entiendo.

—Claro que no. Discúlpeme. ¿Cómo me va a entender si no sabe de qué hablo? Me he pasado la mañana estudiando a Bach.

Fue entonces cuando me hiciste cómplice de tu secreto.

—¿Usted sabía que Bach compuso seis suites solo para violonchelo? —me preguntaste.

—No.

De hecho, poca gente lo sabía. Tú habías descubierto aquella obra por casualidad, mientras revolvías entre papeles y libros de viejo con tu padre.

—He averiguado que algunos profesores utilizan pequeños fragmentos de estas composiciones como ejercicios técnicos, pero nadie las ha tocado nunca en público.

Llevabas las partituras en el estuche del violonchelo. Mientras hablabas, las sacaste y me las pusiste en las manos.

—Léalas. ¿No las oye? ¿No le parecen magníficas? ¿No le parece que aquí está todo, que todas las emociones, todos los sentimientos están representados aquí, que resuenan todos en estas notas?

Hablabas con una extraña mezcla de preocupación y entusiasmo. Yo intuía la belleza de aquellas notas, pero no era capaz de sentir lo mismo que tú.

—No entiendo qué ha pasado con esta obra tan magnífica. La han despedazado a capricho, la han mutilado, han ignorado su estructura perfecta.

—Toque la primera. —¡Qué inocente fui al pedírtelo!

—Imposible.

—¿Por qué?

—Porque todavía no sé cómo hacerlo. Desde que las encontré, dedico las primeras horas del día a estudiarlas, pero todavía no sé cómo afrontarlas.

—¿Y cuánto hace que las encontró?

—Siete u ocho años.

—Dios mío.

—¿Le parece demasiado tiempo?

—¿No lo es?

—En absoluto. Hay tanto que aprender en esta obra... Hasta que no sienta que interpreto exactamente lo que Bach quiere transmitir, no podré tocar las Suites ante nadie. Pero cuando llegue ese día, cuando me sienta capaz de tocarlas de principio a fin, sin mutilaciones, sin renunciar a una sola nota, sin menospreciar ninguno de los movimientos, entonces se las presentaré al público y haré que los demás sientan la belleza de esta obra perfecta. Me he hecho la promesa. ¿Podrá guardarme el secreto?

Te lo guardaría, sí. Ese y todos los que quisieras compartir conmigo.

—¿Y si tocamos otra cosa? —propuse mientras guardabas las partituras en el estuche.

Te pareció bien. Cogiste tu violonchelo, te sentaste delante de mí y tocamos juntos. Aquello distaba mucho de ser una más de tus lecciones. No me interrumpiste, no hubo descanso para pasear por la sala, no conversamos, no tuve que oír tus frases —«Intente ser libre», «Pare y vuelva a comenzar», «Bravura», «Orden, orden»—; seguimos tocando, enlazando una pieza con otra; tú elegías una partitura, tocabas la primera nota y yo te seguía; entonces elegía yo otra, tocaba la primera nota y me seguías tú. No, aquello no fue una clase, fue una tarde de felicidad compartida. Y, sin embargo, aquella felicidad se fundió en un suspiro cuando, antes de marcharte, me dijiste:

—Francesca, usted ya no me necesita. Ya puede volar sola. Hoy mismo podría empezar a dar clases. Si le parece bien, y si su padre está de acuerdo, hablaré con mis amigos Crickboom y Granados, y la recomendaré como profesora.

Mientras te escuchaba, un grito de tristeza se iba formando poco a poco en mi interior; yo lo retenía, lo sofocaba, no quería dejarlo escapar.

—Pronto debutaré como solista en París.

Era eso. Te marchabas. El pronóstico de madre había acabado cumpliéndose.

—Pero durante todo este tiempo también ha viajado, ha dado conciertos por todas partes y no hemos tenido que abandonar las lecciones. —¿Qué podía hacer para retenerte?

—Ahora es diferente, porque viviré en París. Pero quédese tranquila, si le digo que puede volar sola no es por cumplir, lo creo de verdad.

Si aquello me lo hubiera dicho el maestro Garcia, a buen seguro lo habría celebrado, habría salido de aquella estancia corriendo alborozada, feliz, para contárselo a gritos a mis padres y mis hermanas. Pero me lo habías dicho tú y esa noche la pena no me dejó dormir.

No volví a verte hasta el mes de diciembre de 1899.

Acababas de debutar, pero, antes de instalarte definitivamente en París, pasaste unos días por Barcelona. El Trío Vidal Puig dimos un concierto en la Sociedad Filarmónica de la ciudad. Yo estaba tan nerviosa como siempre que salíamos a tocar. Habían pasado años desde nuestro primer concierto, pero los nervios me afectaban siempre del mismo modo. Por suerte, no sabía que estabas entre el público. De haberme enterado, el miedo me habría paralizado.

—No te lo he dicho antes porque no quería hacerte sufrir —me confesó Maria—, pero tu casalete está aquí.

Así es como mis hermanas se referían a ti, te llamaban «casalete» y, no me preguntes por qué, pero cuando las oía siempre me echaba a reír.

Más tarde, esa misma noche, tuvimos ocasión de conversar. Hábilmente, sin alejarse por completo de nosotros, mis hermanas me brindaron la oportunidad de quedarme a solas contigo. Me hablaste de tu debut en París, de tu primer frac, de tu caída, tú y el violonchelo rodando escaleras abajo por culpa de los nervios, y del miedo que habías pasado antes de salir al escenario. «Todas las salas dan miedo», decías.

—¿Sabe qué es lo que más extraño cuando estoy fuera? —me preguntaste.

—¿Cómo voy a saberlo?

—Extraño el mar. ¿A usted le gusta el mar?

—¿Que si me gusta? Veo que no se acuerda usted de Sitges.

Habíamos coincidido allí un verano, cuando ya eras mi profesor.

Rusiñol, el excéntrico, el hombre de las procesiones y las fiestas, había organizado una jornada musical en el Cau Ferrat. ¿Acaso no estabas? ¿No fue allí donde tocaste por primera vez aquella canción de amor tan bonita, unos versos de un amigo poeta que habías musicado para piano? *En el mirall canviant de la mar blava...* Recuerdo a mi madre y a mis hermanas cantando aquellos versos. *Que diferent, mon cor, oh ma estimada!*, cantaba también yo. ¿Y no fue en Sitges, durante esa misma jornada en el Cau, cuando te oí decir —hablando no sé con quién— que tu sueño era vivir cerca del mar? Sí, estaba convencida de que habíamos coincidido y casi me ofendió que no te acordases.

—La playa me gusta tanto —te respondí— que espero poder vivir ahí algún día.

—Yo también. Algún día tendré una casa frente al mar.

—¿En Sitges?

—No. En la playa de San Salvador.

—Ah —respiré aliviada—, muy cerca de Sitges.

Sitges, el cielo cálido, el sol radiante, las olas besándome los pies, tus ojos, mi hogar.

Faltaban pocos días para celebrar el cambio de siglo, y el ambiente, tanto dentro como fuera de casa, era diferente al de cualquier otro fin de año. ¿Se acabaría el mundo? ¿Caería sobre nosotros una estrella de fuego que destruiría en un segundo nuestras vidas y nuestros diecinueve siglos de historia? Había opiniones y pronósticos de todo tipo, aunque todo el mundo formulaba también deseos para el año entrante.

—Este nuevo siglo será el siglo de las mujeres —decía Lluïsa.

Mi hermana esperaba cambios, no sabía muy bien cuáles, pero los esperaba, y se reía cuando yo auguraba que lo único que cambiaría sería la moda. Con un poco de suerte, quizá dejaríamos atrás aquellos artilugios que nos mortificaban, que nos oprimían la cintura y las costillas y convertían nuestro cuerpo en un reloj de arena.

—Tendríamos que empezar por librarnos del corsé y aligerar un poco el peso de la ropa —le sugería yo.

—¿Solo cambiará eso?

—El único cambio garantizado en la vida de una mujer es la moda, la moda cambia continuamente.

—Pues yo no pierdo la esperanza, Fita —decía ella por último.

La prensa se había hecho cierto eco del concierto del Trío Vidal Puig en la Filarmónica. Uno de los cronistas que lo habían reseñado escribió:

«Disfrutamos mucho, mucho de ver que muchachas tan bonitas y distinguidas no temen dar muestras de su devoción por el Arte ante el público, porque solo así se irá extendiendo la idea de que es mucho más meritorio ejecutar un trío de Beethoven, pintar un cuadrito o cantar una canción que presidir una corrida de toros o incluso ser reina de los Juegos Florales».

A Lluïsa, que había leído críticas igual de paternalistas en relación con su obra, aquel artículo no le hizo ninguna gracia. Lo que más la indignó fue el uso del término «cuadrito» para designar la obra pictórica de una mujer, y cuando llegó el momento de alzar la copa para brindar por el nuevo siglo dijo:

—Tengo un deseo para este año que empieza. Quiero que los críticos de arte, cuando escriban sobre la obra de una mujer, ya sea un concierto, una escultura o un cuadro pintado al óleo, se olviden del paternalismo, abandonen para siempre ese hábito insolente de comentar la belleza de la artista y se limiten a valorar el acierto o el despropósito en la ejecución de su arte.

Aplaudimos, padre con más entusiasmo que nadie.

—Yo también quiero hablar. —Cesaron los aplausos.

Grandes y pequeños nos quedamos en silencio. La palabra de padre era sagrada.

—Hace tiempo, hice una promesa a dos de mis hijas y creo que ha llegado el momento de cumplirla.

Lluïsa, impulsiva y entusiasta como él, no pudo evitar interrumpirlo.

—¿Por fin nos llevará a París? —dijo ilusionada.

—¿A París? ¿Cuándo? —preguntaron también mis hermanos y hermanas, todos alborotados.

—Calculo que será antes del verano. La inauguración de la feria está prevista para el mes de abril y no imagino mejor ocasión para hacer este viaje.

Saltábamos de alegría. Ya nos veíamos allí. Ya estábamos subiendo a la torre Eiffel, navegando por el Sena y comiendo *crème brûlée*.

—¡Un momento, un momento! —gritó padre, con cierta severidad al ver nuestro entusiasmo.

Era evidente que no había terminado de hablar, que quería decirnos algo más, pero madre, que debió de adivinar sus intenciones, se le acercó con una sonrisa y le habló al oído. Él la escuchó en silencio; después, volvió a alzar la copa y puso fin a su discurso. En aquel instante, ninguno de nosotros comprendió lo que había pasado. ¿A qué venían los secretitos de madre? No lo supimos hasta que, unos días más tarde, padre anunció que a París solo iríamos el matrimonio y las cinco hijas mayores. Madre, que había conseguido que los llantos de sus cachorros no estropeasen la fiesta de fin de siglo, esta vez no halló la forma de evitar el drama. Incluso nosotras, las cinco privilegiadas, tuvimos que esforzarnos para no contagiarnos del enojo y las lágrimas de los más pequeños.

De los que se quedaron en Barcelona, quien más lloró fue Carlota. Tenía quince años, quería ser escultora, intuía que en París podría ver las obras de los grandes maestros y defendía tener el mismo derecho que nosotras a hacer aquel viaje. La consolamos, le prometimos regalos, juramos que le escribiríamos cada noche y le explicaríamos con todo lujo de detalles lo que habíamos hecho y lo que habíamos visto durante el día, pero hizo falta Dios y ayuda para que se le pasara el disgusto. Y menos mal que lo conseguimos, porque todos sabíamos que, por mucho que se enfadase y lloriquease, padre no cambiaría de opinión.

Emprendimos aquel viaje con una ilusión tremenda. Yo albergaba la esperanza de reencontrarme contigo y de que la luz de aquella ciudad de ensueño te ayudase a verme con otros ojos. Estaba convencida de que o bien el azar o bien el destino me llevarían junto a ti, pero ni el uno ni el otro escucharon mis ruegos.

Nos instalamos en casa de unos parientes. Allí, un joven francés, hijo de unos primos de madre, se convirtió en mi primer pretendiente. Era espigado, vestía a la moda y nos hacía reír casi cada vez que abría la boca. Sus intervenciones en las tertulias familiares eran de lo más graciosas. Decía cosas como: «El nuevo siglo es París» o «El nuevo siglo es la Tour Eiffel iluminada», y nosotras cinco, venga a reír.

La Exposición era tan grande que íbamos a diario. ¡Qué hartones de caminar, qué empacho de ver cosas! Acabábamos cada día reventadas, pero al siguiente volvíamos con las mismas ganas. Queríamos verlo todo, ir a todas partes, empaparnos, aprender, divertirnos. Una de las cosas que mejor recuerdo es la visita al Palacio de Cristal. A la luz del día, el edificio brillaba con los reflejos del cielo; por la noche, con la magia de la electricidad. También me acuerdo mucho de una atracción que simulaba un barco de vapor. Cuando subías, como por arte de magia, te daba la impresión de que viajabas de verdad, de que el viaje era real. Sobre la cubierta del gran galeón ficticio, el día que fuimos, había más de quinientas personas. Visitamos las ciudades más fascinantes del mundo junto a ellas. Nos llevó nuestro primo. Padre, atareado con los pormenores del negocio, no siempre tenía tiempo para nosotras y, pese a la desconfianza que le despertaba dejarnos a cargo de otro hombre, autorizó que nuestro primo nos hiciese de guía. Por su parte, nuestro pariente se sentía de lo más satisfecho por acompañarnos, sobre todo cuando nos cruzábamos con uno de esos grupos de jóvenes que solo parecían estar allí para galantear a las señoritas extranjeras. Aquellos muchachos nos miraban, nos buscaban para darnos conversación y nos seguían; querían hacernos de guía por la ciudad, pasear con nosotras y mostrarnos las maravillas de la ciudad y del nuevo siglo. «Las señoritas ya tienen guía —decía entonces nuestro primo—. ¡Fuera, moscardones!». Y nosotras nos echábamos a reír y los dejábamos atrás a toda prisa.

La diversión se interrumpió cuando, a saber por qué, nuestro cicerone habló de ti. La escena no pudo ser más ridícula: estábamos encima del *trottoir roulant*, un conjunto de tres pasarelas mecánicas que circulaban alrededor de la exposición. Acabábamos de saltar sobre la pasarela rápida, que debía de ir a siete u ocho kilómetros por hora, cuando a mi pretendiente se le ocurrió preguntarme si te conocía.

—¿Es cierto que conoce a Casals, el joven chelista? —Su tono de voz ya revelaba cierto desdén.

Respondí que sí, que te conocía y que estaba orgullosa de haber sido alumna tuya. Mis hermanas, que iban detrás de nosotros pero estaban lo bastante cerca para participar en la conversación, dijeron que ellas también se enorgullecían de conocer a un joven tan talentoso.

—¿De veras tiene tanto talento? —preguntó—. He leído que en su debut en Londres prácticamente fracasó, y los críticos franceses dicen que toca de una manera exagerada y brusca.

No respondí; no me pareció necesario. Le di la espalda y aceleré el paso. Mis hermanas me siguieron. Las cinco caminábamos en dirección contraria a la pasarela, de modo que nuestros pasos no acababan de llevarnos a ningún sitio. Parecíamos mamá pato y sus patitos nadando a contracorriente. Cogidas de la mano o de la ropa, a través de cientos de parasoles y sombreros, conseguimos saltar de la pasarela rápida a la lenta, y de la lenta nos las arreglamos por fin para saltar al suelo. Entre los gritos e improperios de la gente que nos maldecía y se reía de nosotras, nuestro pobre primo nos pedía perdón sin comprender aún en qué nos había ofendido.

«Bien hecho, Frasquita —me escribió Carlota desde Barcelona—. Y si el tal señorito vuelve a hablar mal de tu profesor, dale un buen pescozón».

Pero no volvió a hacerlo, porque no nos hizo de guía nunca más.

Cuando padre estaba demasiado cansado o demasiado ocupado para acompañarnos, nos quedábamos en casa y esperábamos a que terminase de trabajar o se le pasase el cansancio. Nos gustaba más ir de paseo con él que con nuestro primo, la verdad. Y es que padre nos hacía mirarlo todo con otros ojos, nos contaba anécdotas de su juventud y nos empujaba a no quedarnos en la superficie de las cosas, a ser críticas. Además, de vez en cuando, justo antes de salir para ir aquí o a allá, nos sorprendía con un cambio de planes emocionante y prometedor.

—Nuevo programa de actos, familia —nos dijo una noche—. Hoy no cenamos con los tíos, iremos a un restaurante y luego os llevaré al espectáculo de la bailarina eléctrica.

—¿Quién es la bailarina eléctrica? —preguntó Mercedes.

—Aquella que vimos en Sitges —dijo Maria.

—Ah, sí. —Madre suspiró.

Mercedes, Júlia y yo habíamos oído hablar de aquella mujer, pero no podíamos acordarnos de ella porque cuando Rusiñol la había llevado a Sitges nosotras no estábamos. Fue un día de fiesta mayor, a finales de verano, en la época en la que solíamos instalarnos con padre en Puigcerdá y dábamos conciertos en casa del doctor Andreu. Maria nos había hablado de aquella mujer en una de sus cartas. Rusiñol y sus amigos habían organizado dos representaciones de la danza serpentina, una de ellas tan original que la artista bailaba en medio del mar, encima de una plataforma hecha con tablones de madera y rodeada de barquitas.

—Vimos a una imitadora —dijo madre—. A saber de dónde la sacaron. Aquello fue una farsa.

—Igual que el Greco. —Lluïsa estaba convencida de que al menos uno de los cuadros que Rusiñol había paseado en procesión religiosa por las calles de Sitges era falso.

—Dejaos de Grecos y Rusiñoles —concluyó padre—, y celebrad que esta noche tendremos la fortuna de ver a la auténtica bailarina eléctrica.

Entrar en el teatro de Loïe Fuller era como acceder a una gruta. A ambos lados de la puerta, la escultura de una figura femenina de cabellos rizados te invitaba a adentrarte. Lo que vimos aquella noche fue extraño. *La geisha y el samurái* era un drama histórico de más de trescientos años cuya representación duraba originalmente dos días. Tal vez por deferencia al público de la exposición, que tenía tantas cosas que ver en poco tiempo, la *troupe* japonesa ofrecía una representación de solo treinta minutos, de modo que era sumamente difícil entender el argumento. Pero, al fin y al cabo, no tenía ninguna importancia; lo que de verdad importaba era contemplar los movimientos de los artistas japoneses, que eran actores, mimos y bailarines trágicos a un tiempo. También Loïe Fuller era una bailarina trágica, eléctrica pero trágica. Hizo acto de presencia cuando la danza de los japoneses llegaba a su fin. Bailó con ellos durante unos minutos y luego, poco a poco, la *troupe* japonesa desapareció y ella sola llenó el escenario entero.

El espectáculo de aquella mujer produjo en mí la misma emoción que el acróbata de las mariposas y los abanicos había despertado años atrás en mi padre. Nunca había visto a nadie que bailara como ella. Escondía el cuerpo bajo una túnica, un vestido gigantesco que ocultaba su figura; iba descalza y medio desnuda. La túnica era un velo creado con metros y metros de seda blanca, un velo que la cubría entera, un vestido que ella misma había diseñado y confeccionado. No sé cuántos metros de tela habría en aquel velo, pero eran muchos, muchísimos. Unas varillas de madera, que parecía llevar cosidas a los hombros y los brazos, la ayudaban a levantar y agitar su túnica y, cuando lo hacía, era como si tuviera alas. El escenario era de una oscuridad profunda. Una serie de cañones dispersos por la sala lanzaban luz y encendían la ropa de la *danseuse*. Había luces de todos los colores, verde mar, rojo violento, azul, lila, amarillo, colores de tristeza y de alegría, de terror y de muerte, de amor y de vida; y los colores también se movían, danzaban, brincaban, resbalaban y volvían a saltar y, mientras tanto, la bailarina desaparecía dentro de la luz, su cuerpo se metamorfoseaba en llama y la llama se consumía.

Como buena parte del público, me puse en pie sobre mi asiento y aplaudí con entusiasmo.

—Francesca, ¿qué haces? —me regañó madre.

Pero antes de que pudiera responderle, contagiado del entusiasmo general, padre se subió también a su asiento. «Una nueva forma de arte —iba diciendo mientras aplaudía—. Una forma de arte hipnótica». La danza serpentina se transformaba en la danza de la tormenta y cuando, de pronto, la tormenta llegaba a su fin, nacía una mariposa blanca. Era una mutación constante, embriagadora, una metamorfosis continua; desaparecía el cuerpo, quedaban el espíritu y la belleza.

Aún impresionadas por la bailarina, recuerdo que una mañana que nos habíamos quedado solas en casa, ya en Barcelona, mis hermanas y yo rebuscamos en los armarios y sacamos las sábanas más grandes que encontramos. Queríamos enseñar a las más pequeñas aquel maravilloso espectáculo. Nos desnudamos parcialmente, nos pusimos las sábanas encima a modo de capa y, mientras Mercedes tocaba el piano, Maria, Júlia y yo bailábamos y movíamos los brazos como si tuviésemos alas y fuésemos mariposas.

Padre llegó a casa antes de lo previsto y, alertado por los cantos, los correteos y las risas, entró en la sala.

«Si llego a saberlo... —dijo con un tono extraño. No nos gritó ni nos regañó, pero aquella frase a medias nos quitó las ganas de seguir bailando—. Si llego a saberlo...».

De algún modo, el viaje a París había despertado en padre la conciencia de que nos habíamos hecho mayores. Más tarde, poco a poco, fue entendiendo que cualquier día abandonaríamos el nido para construir uno propio y no pudo soportarlo. Él nos había educado para agradar. Nos había educado para seducir. Quería presumir de hijas, y que el mundo admirase su obra, pero no estaba dispuesto a perdernos. Si hubiera podido, nos habría prohibido crecer. Si hubiera tenido una varita mágica, habría detenido el tiempo.

Un día, al llegar a casa después del trabajo, padre vio a Marta en el balcón, risueña y coqueta, hablando con un joven que la cortejaba a pie de calle. No le gustó la escena y entró en casa hecho una furia. Primero nos dijo que, antes de que nadie nos festejara, tendría que dar su aprobación a nuestro pretendiente. Después, resultó que ningún pretendiente le parecía digno de aprobación. Y, al final, decidió privarnos de la luz exterior y tapiar ventanales y balcones. Bajó las persianas y, a golpe de martillo, las clavó a los marcos de las ventanas. Así evitaríamos la tentación de conversar con aquellos muchachos que se acercaban a casa haciéndose los distraídos, atraídos por la curiosidad que despertaban las hermanas Vidal, sobre todo las cinco mayores, todas en edad de merecer.

El martillo nos indicó que padre empezaba a perder la razón.

Madre no daba crédito, y tampoco mis hermanas, que lloraban, unas de rabia y las otras contagiadas de los llantos de las primeras. Yo no lloré. Yo solo lloraría si un día venías a mi balcón y te lo encontrabas tapiado.

Nos quiso a las dos, pero a veces pienso, con
una sonrisa, que a mí me quiso más.

ESTHER MEYNELL, *La pequeña crónica*
de Anna Magdalena Bach

Madre rezaba el rosario mañana, tarde y noche. Yo todavía lo
rezo a veces. A pesar de todo lo que hemos visto y vivido, no
he perdido la fe ni el hábito de rezar.

Quizá si me casé con Felip fue porque creo en Dios.

Me casé con él y aprendí a amarlo. Decir lo contrario sería
mentir, pero también mentiría si dijera que amarlo me ayudó
a olvidarte. Cuando un sentimiento es tan fuerte que arraiga
en tu interior como un roble milenario en la tierra que le da
vida, ¿cómo te las arreglas para ignorarlo? Puedes podarlo,
puedes aligerar el peso de sus ramas, pero ¿qué clase de fuerza necesitas para arrancarlo de raíz y borrar su rastro? ¿Qué
clase de fuerza necesitas para derribarlo? Una fuerza inmensa. Una fuerza que, por descontado, yo no tenía. Y ya que no
era capaz de hallar en mi interior un impulso lo bastante poderoso para olvidarte, decidí buscarlo fuera. Confiaba en que
mi vida con Felip, y sobre todo el nacimiento de nuestros hijos, adormecería lo que sentía por ti y en que, tarde o temprano, el dolor de no poder amarte desaparecería.

Cuando conocí a Felip, yo venía de una larga época de
desánimo. El nuevo siglo, que mis hermanas y yo habíamos
imaginado repleto de cambios excitantes y felices, trajo a nues-

tra casa toda suerte de acontecimientos y noticias tristes. Para empezar, padre estaba decidido a sofocar nuestros anhelos amorosos y nuestras ganas de volar y, excepto Lluïsa, la niña de sus ojos, que supo convencerlo de que su futuro como pintora pasaba por vivir y estudiar en París, todos los hermanos Vidal tuvimos que soportar su tiranía.

El drama comenzó con Wagner.

Júlia y Manel se conocieron una tarde de ópera. Manel, un romántico empedernido, contaba que había descubierto la sonrisa de Júlia justo cuando la orquesta tocaba los primeros compases de la entrada de los dioses al Valhalla. Desde ese instante, según afirmaba siempre que contaba la anécdota, supo que quería pasar la vida junto a ella. «La canción épica de los dioses anunció el inicio de nuestra vida juntos —solía decir—. Estábamos destinados el uno al otro».

Durante un tiempo cortejaron más o menos a escondidas, pero, si querían casarse, padre debía enterarse tarde o temprano. «Ya hablo yo con él primero, déjamelo a mí —le dijo madre a mi hermana—. Tu abuela Andrea se casó con diecinueve años. Cuando tu padre y yo nos casamos, yo solo tenía veintiuno, y tú ya tienes veinticinco. Tiene que entenderlo. Lo entenderá, estate tranquila». Pero ¿cómo íbamos a estar tranquilas? ¿Cómo no íbamos a temer la reacción de un hombre que había convertido los balcones de sus hijas en los muros de una cárcel? La temíamos, claro que sí, así que, de lo más nerviosas, Mercedes, Maria, Júlia y yo, como habíamos hecho tantas veces, observamos la escena a escondidas. Madre se llevó a padre a la salita. Él la siguió como un corderito, no imaginó la tormenta que se avecinaba, pero cinco segundos después de que ella cerrara las puertas de la sala nos llegó el primer bramido de la fiera. «¡No! —gritó—. No. He dicho que no», repetía.

Solo oíamos la voz de él, la de nuestra madre era imperceptible. Yo me la imaginaba sentada con las manos en el regazo, serena y dulce, cargada de una paciencia infinita. Mientras tanto, cogidas las unas de las otras, Mercedes, Maria, Júlia y yo esperábamos la sentencia final. «Que diga lo que quiera, pienso casarme con él de todos modos —mascullaba Júlia, llorosa—. Os lo juro. Diga lo que diga, Manel y yo nos vamos a casar».

Esa noche padre no cenó con nosotras. «Dolor de cabeza», adujo madre para excusarlo. De vez en cuando, si estaba muy cansado al volver de un viaje, o si tenía una nueva preocupación, padre sufría una especie de crisis que lo invalidaba y lo obligaba a encerrarse durante horas o incluso días en la oscuridad del dormitorio. Sin embargo, esa noche todos sabíamos que la crisis era fingida. Si se encerró en su cuarto fue para digerir la noticia, para pensar y medir su reacción, y de ese modo evitar un grito o un golpe encima de la mesa. Al día siguiente, ya recuperado, decidió que debía castigar a Júlia. Durante días, no la dejó salir de casa, le retiró la palabra; ni siquiera la miraba, si quería decirle alguna cosa se dirigía a nosotras. «Decidle a vuestra hermana que haga esto o que se acuerde de hacer esto otro», nos decía. Y nosotras, actrices involuntarias, lo obedecíamos, lo ayudábamos a sostener el drama. Más adelante, cuando llegó el buen tiempo, mientras estrenábamos trajes de baño en la playa de Blanes, Júlia tuvo que quedarse en la ciudad. Padre no la dejó venir con nosotras ni en verano ni cuando empezó el otoño, la época en la que solíamos dar nuestros conciertos en Puigcerdá. El Trío Vidal Puig se convirtió en un dúo triste y deslucido.

La oposición de padre fue feroz, y lo peor de todo era que no estaba solo. Los padres de Manel también querían impedir el matrimonio. Los Montoliu presumían de tener sangre azul: no hacía mucho, el patriarca, de nombre Plàcid pero tan beligerante y vehemente como nuestro padre, había recibido el título de marqués, y un marqués no podía casar a su hijo con la hija de un mueblista. Los Montoliu eran de esas familias que creen que no es necesario que el amor y el matrimonio vayan de la mano; para ellos, los sentimientos no contaban, solo importaban la clase social y los títulos nobiliarios. Por suerte, Manel ya era un hombre de veinticinco años, un escritor y traductor de prestigio, y su padre, más allá de gritar y amenazarlo, poco podía hacer. Por otra parte, la alianza del señor Plàcid y el señor Francesc Vidal contra la pareja no hizo sino fortalecer lo que Manel y Júlia sentían el uno por el otro. Ellos sí que creían en el amor, estaban decididos a casarse y lucharían hasta conseguirlo. La guerra duró casi dos años. Manel y Júlia pidieron el consentimiento formal de padre hasta en tres ocasiones, pero él se lo negó. Y un día, harto de suplicar y tras entender que nada haría que el hombre que iba a ser su suegro cambiase de idea, Manel le envió un requerimiento legal. Si el señor Francesc Vidal no acudía a la ceremonia el día y la hora acordados querría decir, porque así lo estipulaban las leyes, que consentía en la unión de su hija Júlia con Manel de Montoliu.

—¡Esa ingrata ya no es hija mía! —gritó padre al leer el documento—. Ni consiento en la unión ni iré a la ceremonia, y no quiero ver nunca más a esa desagradecida. La quiero fuera de mi casa.

Un drama. Júlia tuvo que instalarse en casa de unos familiares hasta el día de la boda. Yo, que compartía dormitorio con ella, la echaba muchísimo de menos. Madre, que debió de adivinarlo, venía a verme muchas noches. «Ya verás como todo se arregla», me decía. «Dios lo remedia todo». «Tu padre cambiará de opinión, es solo cuestión de tiempo». Pero pasaban los días, pasaban los años, y padre no aflojaba las riendas.

Con Mercedes las cosas fueron un poco más fáciles. Cuando decidió que se casaría con Victorià, ella también tuvo miedo de la reacción de padre. Sin embargo, para sorpresa de todos y tras dejar claro que aquel matrimonio tampoco le entusiasmaba, anunció que no haría nada para impedirlo. Tal vez fue porque conocía a Victorià Amell de la época de Sitges y tenía buena relación con su familia, tal vez fue porque era pintor y le gustaban sus cuadros, tal vez porque... a saber por qué, pero no tardó en dar su consentimiento a la pareja. Les concedió la dote, y la boda se celebró sin dramas.

Maria se enamoró de un hombre casado y, como si fuera la protagonista de una de esas novelas que tanto le gustaba leer, optó por vivir su aventura de forma clandestina. La felicidad le duró poco. Cuando padre descubrió el secreto, la desterró. Hizo uso de sus contactos y la mandó a Mannheim, a trabajar como profesora de idiomas del cónsul español.

Y mientras pasaba todo esto, yo vivía abrazada a tu recuerdo.

Desde París, siguiendo el ejemplo paterno, Lluïsa procuraba escribirnos a menudo. A veces, además de enviarle una carta a padre, pues estaba obligada a informarle de sus rutinas y sus avances, también mandaba una para alguna de nosotras y, cuando la carta estaba dirigida a mí, todas compartíamos la ilusión de leer en ella noticias tuyas. «¡Corre, corre, Frasquita!», me llamaban entonces mi madre o mis hermanas.

En una de sus misivas, Lluïsa me dijo: «Hoy he recibido una carta de Casals. Se ve que antes de emprender su *tournée* americana pasará unos cuantos días en París. Dice que hará lo que pueda por visitarme».

Entonces yo esperaba con impaciencia la siguiente carta, en la que Lluïsa me hablaría de ti, de cómo te había visto, de cómo ibas vestido, de qué conciertos te esperaban, de si mi nombre había salido o no en vuestra conversación. Pero lo que a menudo pasaba era que esa tan esperada carta solo me traía una terrible decepción: «No fueron días sino horas el tiempo que tu profesor pasó finalmente en París, razón por la cual no pudo venir a verme. Espero que me visite al volver de México y Canadá. Si es así, puedes estar segura de que le hablaré de ti».

Si venías a Barcelona, siempre nos veíamos. Coincidíamos en la academia Granados o en la Sociedad Filarmónica. A veces tocábamos juntos. Otras, tocabas música de cámara con Crickboom y Granados, y otras, con Crickboom y Albéniz. Luego regresabas a París y desde allí viajabas de una punta del mundo a la otra; cada vez te llamaban de más lejos, y tú siempre ibas. En una de tus visitas fugaces en la ciudad, me regalaste una fotografía, un retrato de estudio que me apresuré a enmarcar. Todavía lo guardo. Lo tengo aquí, en Prades. De vez en cuando, abro el cajón y lo cojo: me gusta mirarte y verte tan joven y elegante. Con buena letra, no con la que tienes ahora, que, de escribir tanto y tan deprisa, a menudo se convierte en un garabato indescifrable, me obsequiaste con una dedicatoria. «Un recuerdo afectuoso para Francesca», escribiste. Y también apuntaste la fecha: «1901».

Cuento los años que han pasado desde que me regalaste este retrato, y la suma es una vida.

—No —respondí, tajante, a tu propuesta.

Era la primera vez que rechazaba una propuesta tuya y no lo entendías. Siempre que me habías pedido algo, te había dicho que sí. Te decía que sí incluso antes de que me pidieras nada; me bastaba con intuir un deseo tuyo, la necesidad concreta de encontrar un libro, de copiar una partitura, de sustituirte en un concierto, de hablar con este amigo o con aquel. «Ya lo hago yo», te decía. «Ya la busco yo». «Ya le escribo yo». «Sí». «Lo que usted quiera». «Como a usted le parezca». «Sí». «Sí». «Sí». Pero ese día te dije que no. Años atrás, cuando todavía me dabas clase, habías hecho algunas giras por España con Crickboom y Granados, pero cuando llegó el momento de emprender la gira internacional no pudiste hacerte cargo. Tu carrera como solista había tomado impulso y tenías demasiados compromisos.

—Quiero que mi sitio lo ocupe usted —me dijiste.

—Lo siento, pero eso sí que no puedo hacerlo.

—¿Por qué no? Siempre que me ha sustituido le ha ido bien.

Era cierto. Había ocupado tu lugar unas cuantas veces, en las salas de la Filarmónica de Barcelona, en el Teatro Principal y también en el Romea. Y siempre había funcionado. Tus compañeros, Crickboom, Granados y Albéniz, estaban satisfechos, el público siempre me aplaudía y los críticos me elogiaban.

«Toca el violonchelo como su maestro, pero nos gusta más que su maestro», escribió un crítico.

«La carrera artística de esta joven será trascendental para Barcelona», dijo otro.

Pero todos aquellos elogios, lejos de embriagarme, lejos de darme seguridad e impulso, me incomodaban.

—No es lo mismo —te respondí—. Lo que me propone ahora es muy distinto.

—Es la continuación natural de su carrera. ¿No quiere tocar en París? ¿No quiere conocer Viena?

—Sería bonito, no puedo decirle que la idea no me tiente.

—¿Y entonces? ¿Qué la detiene? Si a su hermana Lluïsa le ofreciesen participar en una exposición en París, ¿acaso no aceptaría?

—Ella es una gran artista. Desde muy pequeña ha sentido que debía pintar. ¿Sabe usted que está enferma de los ojos? Ya es triste que una pintora tenga los ojos enfermos, pero si un día, Dios no lo quiera, se queda ciega, continuará pintando a oscuras; si pierde una mano, pintará con la otra y si pierde las dos, pintará con los pies o con la boca, porque pintar es su vida. Lluïsa nació pintora.

—Usted también es una gran artista, Francesca.

—No puedo compararme con mi hermana.

—Se equivoca. Usted tiene un don, como los grandes músicos. Y los grandes músicos tenemos la obligación de hacer llegar al público la belleza y la perfección de las grandes obras. ¿No lo entiende usted así? ¿No está de acuerdo?

Qué momento tan difícil. Qué mal trago. Yo solo quería terminar la conversación cuanto antes e irme a casa, encerrarme en el dormitorio, hablar con mis hermanas, compartir con ellas mi decisión y maldecirla.

—¿Recuerda el día que nos conocimos? —me preguntaste—. ¿Recuerda la primera pieza que tocó para mí?

Habían pasado casi diez años desde aquel momento. Yo lo guardaba en la memoria como un recuerdo precioso, pero ignoraba que tú también lo conservases. No sabía que mi comportamiento, mi elección, hubiera dejado huella alguna en ti.

—Mendelssohn. El *Opus 109* —respondí.

—Pero su padre le había pedido un tema de Schubert.

—Sí.

—¿Y por qué lo desobedeció?

—¿Me pregunta por qué desobedecí a mi padre? Tenía quince años, quizá fuera por eso.

—No la creo. Usted conoce tan bien como yo el origen de esa canción.

Me habías descubierto. Tenías razón. No había sido una elección inocente. Si había desobedecido a padre no había sido solo por una rabieta propia de la edad. Lise Cristiani, la joven que cruzó Siberia con su violonchelo a cuestas, era un símbolo para cualquier muchacha que quisiera dedicarse a la música, y el hecho de que yo hubiera elegido aquella pieza por fuerza tenía algún significado.

—Entonces me engañó —me acusaste.

—Eso nunca.

—Me hizo creer que admiraba la figura de Cristiani, me hizo creer que quería ser como ella.

—Cuando tenía quince años quizá lo pensara, pero ahora ya sé que no lo soy. No me parezco a ella en nada, no soy valiente, la aventura y la incertidumbre me asustan, no me siento llamada a abrir caminos. Celebro que algunas mujeres se sientan llamadas a ello, mi hermana es una de ellas, y la admiro también por eso, pero yo soy de otra manera.

—Quizá no tenga otra oportunidad de salir al mundo; ¿no se da cuenta de que la decisión que acaba de tomar puede condicionar el resto de su vida?

—Claro que me doy cuenta, soy perfectamente consciente.

—Y, aun así, su respuesta es no.

—Aun así, mi respuesta es no.

—¿Por qué? ¿Acaso teme lo que pueda decir su padre? Si es eso, deje que hable yo con él, estoy seguro de que sabré convencerlo. El señor Vidal y yo siempre nos hemos llevado bien.

—Mi padre no tiene nada que decir al respecto. La que no quiere ir de gira soy yo.

—¿Es su respuesta definitiva?

—Sí.

Torciste el gesto. Nunca me habías mirado así, tan malhumorado, con una mirada tan dura y tan seca. Dijiste entonces una frase que me hirió.

—Qué desperdicio de talento.

—Espero que mis alumnos no piensen lo mismo. —Yo también te miraba con dureza; tus palabras me habían dolido.

—Usted me enerva, Francesca.

—Quizá es que no soporta que le lleven la contraria.

A veces me cuesta ordenar los recuerdos.

Ahora no sé si aquello ocurrió antes o después de la boda de Júlia. Probablemente fue después, porque no recuerdo haberlo hablado con ella. Con Lluïsa sí. Yo creía que no volvería a verte, que dejarías de visitarnos, que entre nosotros se había erigido un muro de resentimiento de golpe y para siempre.

—Es un error, Fita —me repetía mi hermana—. Tienes que decir que sí. ¡Imagínate tocar en París! ¡Imagínate Viena!

Conocerías gente nueva, otras costumbres y formas de vivir. ¿Cuántas muchachas se mirarían en ti, cuántas querrían seguir tus pasos? ¿No has pensado en eso?

El entusiasmo de Lluïsa era imparable. Ajena a los hombres y al amor, intentaba compartir con nosotras las ideas feministas que se respiraban en Francia, quería contagiárnoslas a todas. Pero a mí aquellas ideas no me acababan de entrar.

—A ver, ¿qué te lo impide? ¿Qué razón tienes para negarte?

—Es que no hay solo una —contestaba yo.

—Pues empieza, que quiero saberlas todas.

—Madre me necesita cerca, y a ti también te irá bien tenerme aquí. —Aquella era la primera de mis razones: mi carácter de mujer abnegada, siempre a un paso del sacrificio.

En casa las cosas habían cambiado mucho y la nueva situación lo hacía todo más complicado. De las cinco hermanas mayores, antes siempre tan unidas, solo quedábamos Lluïsa y yo. Mercedes ya era una mujer casada y no podía responsabilizarse de los problemas familiares. Maria seguía en Mannheim. Lo que había empezado como un castigo se había convertido en una especie de premio: le gustaba vivir lejos de la familia y, cuando terminaron las clases particulares con el cónsul, no tardó en encontrar otro trabajo. Mientras ejercía de profesora de idiomas, continuaba escribiendo versos y esperando el amor. Júlia, a ojos de padre, seguía siendo una ingrata y no podía poner un pie en casa; para verla debíamos aprovechar meriendas populares, conciertos o estrenos en el teatro. Mi hermana enviaba cartas de súplica a padre día sí, día también; no se cansaba de pedirle que pusiera fin a aquel drama, pero no había nada que hacer. Por otro lado, los dos muchachos vivían al margen de los problemas domésticos. Frederic trabajaba en los talleres Vidal, y Claudi, que nunca había sentido ningún interés por el arte, pasaba hambre en Londres, adonde lo había mandado padre a estudiar. Tanto Lluïsa como yo dábamos clases y contribuíamos a fortalecer la economía familiar, que no era ni de lejos tan opulenta como lo había sido años atrás. Entre las clases y las cuestiones domésticas, Lluïsa apenas tenía tiempo para pintar y, si yo aceptaba irme de gira, tendría todavía menos. La pintura, igual que la música o la escritura, pide tiempo, espacio, libertad; exige una dedicación casi absoluta. Yo no quería condicionar el trabajo de mi hermana, no quería convertirme en un obstáculo; al contrario: deseaba que ella sobresaliera en su arte.

—No pienses en mí —me decía ella—. Primero piensa en ti, luego vuelve a pensar en ti y después piensa en ti otra vez. Esa tiene que ser tu máxima.

Pero yo era incapaz de anteponer mis aspiraciones musicales a las necesidades de mi familia. En la línea de nacimiento de los hijos Vidal Puig, el destino me había regalado la posición número cinco, convirtiéndome así en una especie de bisagra entre el grupo de las muchachas mayores y el de los más pequeños. Me sentía obligada a quedarme en casa, cerca de Marta, Rosina, Carlota y Teresa, cerca de madre, ayudándola a resistir las embestidas de padre.

La segunda razón por la que me negué a seguir tus pasos era que detestaba sentirme como un mono de feria, y las violonchelistas siempre lo éramos un poco. No estábamos bien vistas. Todo el mundo lo sabía. Había excepciones, no digo que no; había músicos que, como tú y Granados, no tenían en cuenta si el intérprete era hombre o mujer, sino su talento y su capacidad expresiva; pero, en general, músicos, directores de orquesta, público y críticos solían pensar, y no se escondían, que el violonchelo debían tocarlo los hombres. Pasaba un poco como con la literatura: tampoco estaba bien visto que las mujeres escribieran novelas, por eso tantas escritoras firmaban sus obras con un pseudónimo misterioso o un nombre masculino. Pero una violonchelista no puede esconderse tras un nombre falso. Si aceptaba participar en la gira, tendría que hacerlo a cara descubierta. Tendría que viajar con un grupo de hombres, convivir con ellos y compartir noches y días y banquetes y tertulias y ensayos y, a la hora del concierto, tendría que sentarme ante el público con el instrumento encajado entre las piernas abiertas y exponerme a todo tipo de bromas y comentarios obscenos. Tenía la experiencia de Barcelona. ¿Quién podía asegurarme que en París o Viena sería diferente?

«Su gentil figura y su aire virginal cautivan nuestros sentidos», escribió un crítico después de uno de mis conciertos con Crickboom y Granados.

«En sus manos, el violonchelo canta como cantarán algunos cuando esta joven se decida a tocar otras cuerdas», escribió otro.

Y otro aún añadió: «Y cuando la señorita Vidal, al frente de la orquesta, como un general, nos obsequió con un concierto de Bach, ¿no fue ese un espectáculo bellísimo? ¿Cuántos jóvenes, al ver el violonchelo en la falda de la artista, y tan bien tratado, envidiaron a ese instrumento? ¡Incluso algunos viejos debieron de envidiarlo!».

Comentarios vulgares, deplorables, fuera de lugar.

Los críticos siempre eran hombres, y sus críticas oscilaban entre el paternalismo empalagoso y la mirada obscena, y yo no estaba dispuesta a soportar aquel trato.

Finalmente, la tercera razón, tanto o más poderosa que las anteriores, era la angustia, el miedo a salir al escenario y no ser capaz de alcanzar la perfección que padre me había exigido siempre y que yo misma me exigía aún.

Un artista se debate entre la necesidad de expresarse y el miedo a decepcionarse a sí mismo y a los demás. «Todas las salas dan miedo», me dijiste un día. Y es cierto. Todas las salas, todos los públicos, todas las grandes obras musicales dan miedo, pero es así porque así ha de ser, porque si no estás asustado antes de tocar, si no notas el peso de la responsabilidad, seguro que lo harás mal. Tú todavía sientes esa angustia. Tocas en público desde los trece años e incluso ahora, que ya tienes casi ochenta, siempre que has de salir al escenario, sufres una verdadera enfermedad, sientes el dolor físico, el ahogo, el dolor de barriga, la inseguridad, las palpitaciones que más de una vez te han llevado al borde del ataque al corazón. Y al acabar, después del concierto, necesitas los aplausos, los elogios y los abrazos. A mí, en cambio, los halagos me incomodan, y los aduladores me molestan. Dime si no es por eso por lo que nos llevamos tan bien.

Quien ha visto un rostro devorado por la viruela no puede olvidarlo jamás.

Carlota, la más guapa de las muchachas Vidal —solo hay que ver los cuadros de Lluïsa para comprobarlo—, murió de viruela. En el tranvía, un hombre con el rostro lleno de costras había tosido delante de ella. Poco después empezó a encontrarse mal; más tarde vinieron la fiebre, los vómitos, las pústulas, el aislamiento, la deformidad del rostro, el cuerpo llagado, la ceguera, los miedos de todos nosotros, el temor a contagiarnos, el terror de perderla y la desesperación de padre.

No estábamos vacunados porque él no creía en las vacunas. «Te inoculan veneno —decía—, y me niego a envenenar a mis hijos». Por eso, en cuanto Carlota cayó enferma, madre usó todos sus remedios: las infusiones, el aceite de hígado de bacalao y el jarabe de naranja amarga que nos curaba todos los males. Pero no sirvieron de nada. Mi padre tuvo que claudicar e hizo venir al médico. «Esto es lo que pasa cuando los ignorantes quieren saber más que los científicos», dijo el hombre enfurecido. «Su hija padece la forma más cruel del virus. Si sobrevive será un milagro». «Ya puede rezar para que ninguno de sus otros hijos esté incubando la enfermedad». Solo después de escuchar los reproches del médico, padre dejó de lado sus teorías y todos nos vacunamos.

La muerte de Carlota lo hundió. Atormentado por la culpa, nunca fue capaz de superarla. Nosotros, madre y todos sus hijos, teníamos que esforzarnos por contener nuestra propia tristeza y ayudarlo a cargar con el dolor y la mala conciencia. No nos sirvió de mucho. Padre pasó meses triste y malhumorado, y al final, un día, después de un verano más o menos tranquilo en Blanes, decidió que tenía que pasar un tiempo lejos de nosotros.

—Me voy —anunció con solemnidad.

Cuando madre le preguntó adónde se iba y por qué, se limitó a responder:

—Lo teníamos todo y ahora no tenemos nada.

Se instaló en Olot, en una masía. Lluïsa y yo tuvimos que ir a cuidarlo. Ella se llevó papel y carboncillos; yo solo pude cargar unos cuantos libros, cuatro partituras y un violín. Durante meses, con toda la paciencia de la que éramos capaces, soportamos los delirios y los caprichos de padre. «Llamad a un médico, que me muero», nos decía. Entonces llamábamos al médico y, cuando llegaba, padre lo trataba de inútil y nos pedía que le buscáramos otro. «Decidle a vuestro hermano que venga, tengo que hablar del negocio con él», decía otro día. Entonces llamábamos a Frederic y, cuando llegaba, padre se negaba a recibirlo. Como no trataba bien a nadie, las muchachas del servicio nos abandonaron. Lluïsa y yo teníamos que ocuparnos de todo: cocinábamos, cosíamos, lavábamos la ropa, limpiábamos la casa y hacíamos de enfermeras. Pero nada estaba jamás a gusto de mi padre, que a duras penas comía, subsistía a base de puros y de café y, cuando cogió miedo a morirse solo durante la noche, nos obligó a velarlo y a hacerle compañía.

«Lo teníamos todo y no tenemos nada», solía repetir, como una oración. «Eso es mentira, padre», le contestábamos nosotras, y le relatábamos todo lo que teníamos.

—Para empezar —decía Lluïsa—, tiene usted una esposa que le adora y diez hijos que le quieren y le respetan tanto como siempre.

—Y el pequeño Marcel —decía yo.

Padre se había negado a conocer a Marcel, el único hijo de nuestra hermana Júlia, pero yo sacaba el tema siempre que podía. No me cansaba de insistir.

—Quizá si lo conociera y pasara tiempo con él se le curarían todos los males.

—Lo teníamos todo y ahora no tenemos nada —repetía él entonces, como si no me hubiera entendido o estuviera más sordo que una tapia.

Recuerdo que una mañana, al abrir los ojos después de una larga noche velándolo, me lo encontré vestido, peinado, perfumado y con una sonrisa en el rostro.

—Ya era hora —me dijo—. Llama a tu hermana y daos prisa, que os he preparado una excursión.

La alegría repentina de mi padre podía ser un síntoma más de su sufrimiento, pero también podía ser un indicio de que las cosas empezaban a mejorar. Entre una y otra opción, me decanté por la más esperanzadora. Yo no me veía con ánimo para ir de excursión, me había pasado la noche a su lado y había acabado quedándome dormida en la silla, pero, si caminar iba a hacernos algún bien, caminaría hasta quedar sin aliento. Lluïsa estuvo de acuerdo conmigo. Después de tantos días oscuros, el comportamiento de padre le daba esperanzas a ella también. Mientras nos vestíamos y calzábamos para el paseo, nos animábamos la una a la otra e íbamos convenciéndonos de que pronto volveríamos a casa. Ella, para acabar los lienzos que había dejado a medias; yo, para retomar las clases en la academia Granados. Pero ¡qué equivocadas estábamos! ¡Y qué decepción nos llevamos al descubrir el engaño de padre! La excursión que nos había preparado consistía en caminar hasta el cementerio e intentar comprar una parcela, así lo enterraríamos enseguida y nos ahorraríamos el jaleo de llevar su cadáver hasta Barcelona. También decidió hacer testamento. Diría que visitamos a todos los notarios de la zona. No sé cuántos testamentos llegó a hacer, todos embarullados y caóticos.

Nada de mejoras, pues, todo lo contrario: la cosa se iba complicando cada día un poco más.

«Ten paciencia», me decía Lluïsa a menudo. Ella lo llevaba mejor que yo. «Evita discutir con él». «Está enfermo, tengamos cuidado de no hacer nada que empeore la dolencia. Si quiere prepararse la tumba, dejemos que lo haga. Si no quiere comer, que no coma, pero nosotras no podemos abandonarnos. Procuremos comer bien y descansar, tenemos que ser más fuertes que él, Fita». Yo seguía sus consejos lo mejor que podía. «Dios lo remedia todo», pensaba, pero reconozco que a veces me resultaba imposible mantener la calma.

Maria me escribía desde Mannheim, me daba ánimos y me enviaba libros, novelas que ya había leído y que la tenían cautivada. Sentía predilección por Tolstói, de quien me hizo leer tres novelas: *Le roman du mariage*, *La sonate à Kreutzer* y *La mort d'Ivan Ilitch*. Todas en francés, claro. En la época de Olot, recuerdo haber leído al menos la primera, *Le roman du mariage*.

Nuestras hermanas Marta, Rosina y Teresa también nos escribían. Fue precisamente Marta quien, en una de sus cartas, me habló de ti. «Tu casalete vuelve a Barcelona», me contó. Se había enterado de que darías un concierto en el Principal. En aquel momento y dadas las circunstancias, aquella noticia era una de las peores que podían darme.

No te veía desde que habíamos discutido. Sabía de ti, seguía tus éxitos a través de lo que me contaban los compañeros de la academia y de las cartas de nuestros parientes franceses, pero necesitaba verte, necesitaba volver a oír tu violonchelo y quería, sobre todo, hablar contigo e intentar reparar lo que se había roto, fuera lo que fuese, el día que te había dicho que no me iría de gira. Pero Lluïsa no podía quedarse sola; dependíamos la una de la otra. Estábamos condenadas a vivir en Olot hasta que padre encontrase la salida en su laberinto. ¿Cuánto tardaría en dar con ella? ¿Meses? ¿Años? ¿Cuántos conciertos tuyos me perdería mientras tanto? ¿Cuántas oportunidades de verte y hablar contigo? ¿Repararías en mi ausencia? Y, si lo hacías, ¿cómo la interpretarías? ¿Creerías que había decidido ignorarte, que te había olvidado?

Aunque cuando escribía cartas a madre ocultaba mi estado de ánimo, ella se dio cuenta de que las cosas no iban bien. Preocupada por nosotras y cansada del comportamiento de su marido, un buen día se presentó en Olot. Llegó cargada con una maleta y un baúl, clara evidencia de que venía para quedarse.

—Las chicas necesitan descansar —dijo—. Ahora te cuidaré yo.

—Sentaos. Quiero hablar con vosotras.

Las tres nos sentamos delante de él; Lluïsa y yo, una a cada lado de madre.

—Debéis saber que, si por mí fuera, me moriría hoy mismo, aquí y ahora, delante de vosotras. Pero Dios nuestro Señor quiere que viva y, ya que no puedo hacer que cambie de idea, he decidido volver a Barcelona.

«Por fin se acababa la pesadilla», pensamos las tres, aliviadas. Madre se puso de pie con la intención de abrazarlo, pero él la frenó.

—No he terminado —dijo.

Ella volvió a sentarse. En menos de un segundo, pasamos del alivio al miedo. Las tres intuíamos un desastre.

—Volveré a Barcelona, pero no pienso convivir con una mujer que me ha hecho tanto daño.

—¿Qué ha dicho? —murmuró madre.

—Ya me has oído.

Pero madre parecía perdida, como si acabara de abrir los ojos y no reconociera ni al hombre que le hablaba ni el lugar en que estábamos.

—¿Qué ha dicho, hija? —Tuve que cogerle las manos, que revoloteaban, temblorosas, sin encontrar dónde posarse.

—He dicho que no pienso convivir con una mujer que me ha hecho tanto daño —repitió él.

—¿Qué mujer? —estalló Lluïsa, cansada y harta de aquella escena—. ¿Se refiere a madre? ¿Madre, que tanto le quiere y que se ha pasado casi cuarenta años cuidándole y haciendo todo lo que usted deseaba? ¿Qué tiene contra madre? ¿Qué daño le ha hecho?

—Todo lo que ha pasado ha sido por su culpa. Lo hemos perdido todo por su culpa. No quiero volver a verla nunca más.

—Padre, por favor —imploré.

—Ahora sí que lo veo, se ha vuelto loco —dijo Lluïsa.

—¿Tú me tratas de loco? ¿Después de todo lo que he hecho por ti? ¡A ti tampoco quiero verte más! ¡Fuera! ¡Fuera las tres de mi vista!

No me lo podía creer. Acababa de repudiar a Lluïsa, la hija preferida, la niña de sus ojos, la única hija a la que había permitido pasar horas y horas en los talleres, observando la labor de los artesanos, estudiando y aprendiendo a dibujar entre hombres, la única por la que había sacrificado horas, días, noches y semanas de trabajo para llevársela a Madrid y hacerle compañía en los museos mientras ella copiaba las obras de los grandes maestros, la hija más querida, la más brillante, la artista.

—Marchaos. Dejadme solo. La familia se ha acabado.

De nuevo en Barcelona, padre se fue a vivir a Sant Gervasi, a casa de sus hermanas, las tías de la torre. Recuperó las riendas del taller y despidió a mi hermano. Frederic, dolido, decidió irse a Argentina una temporada. Ya hacía tiempo que la idea le rondaba la cabeza. En realidad, el taller no le gustaba; soñaba con trabajar con barcos, con construirlos y navegar. Aprovechó que padre lo quería lejos y se lanzó a perseguir su sueño. Mientras tanto, madre no supo asimilar lo sucedido y delegó sus funciones en Lluïsa. Pobre hermana mía, tanto que había defendido su independencia y se veía obligada a ejercer de cabeza de familia. Daba clases de dibujo, pintaba cuadros por encargo, ilustraba narraciones y artículos, trabajaba sin descanso para poder mantenernos. Yo aportaba lo que podía y la ayudaba tanto como me era posible. Me ocupaba de la casa, de madre y de nuestras hermanas pequeñas, Marta, Rosina y Teresa, que ya empezaban a hacerse mayores, daba todas las clases de piano y violonchelo que me pedían y participaba en todos los conciertos que me proponían. La rueda iba girando. Los días se parecían demasiado entre ellos, hasta que una noche, justo antes de un concierto, oí que unos músicos hablaban de ti y se reían.

—No puede ser. ¡Pero si Casals es un mujeriego! —dijo uno.

—Hace como los marineros —añadió otro—. En cada puerto, una mujer.

No pude contenerme e intervine en la conversación.

—¿Qué decís del maestro?

—Dicen que se ha casado, pero no nos lo acabamos de creer.

Yo tampoco me lo creía. Aturdida por la noticia, los dejé y me dirigí al escenario. Ellos siguieron hablando.

—Pero ¿quién es ella, la hermana de Huré?

—Es verdad, Andrea Huré. Yo también había oído por ahí que estaban prometidos.

Con cada uno de mis pasos, las voces de aquellos hombres se iban haciendo más y más lejanas.

—Pues no es ella. Se ha casado con una joven portuguesa, una chelista.

Me senté en la silla, hice hablar al violonchelo y dejé que Bach me consolara.

Me convertí en un espectro. Perdí el apetito y el sueño. No tenía ganas de vivir. No me valían ni las palabras de ánimo ni los consejos de nadie. Había tenido pretendientes, buenos pretendientes, hombres de bien, elegantes y cultos, amantes de la música, de buena posición, y los había rechazado a todos porque te estaba esperando. Eras un hombre soltero y sí, quizá sí, quizá navegabas de un puerto a otro, pero mientras siguieras soltero, ¿qué obstáculo había? Alimentaba la ilusión de que un día, cuando volvieras cansado de escenarios y de viajes, con ganas de calma, nos reencontraríamos y sentirías por mí lo mismo que yo sentía por ti desde hacía tanto, pero al enterarme de que te habías casado empecé a pensar en coger una pala y enterrar mis fantasías. ¿Qué futuro tenía yo? ¿Vivir sola y lejos de la familia, como hacían Maria y Claudi? ¿Un convento cerca de casa? ¿Cuidar de madre hasta su muerte y después buscar quien cuidara de mí hasta que llegara mi hora? Preguntas sin respuesta que poco a poco me hundían en un desierto de arenas movedizas, y me resultaba imposible hallar dentro de mi la voluntad de luchar contra aquella enorme boca que me engullía.

Conocí a Guilhermina el primer verano que pasaste con ella en San Salvador. Todavía no habías empezado a construirte la casa, de modo que os instalasteis en la casita que solías alquilar cada año, entre julio y octubre, cuando venías a descansar y a pasar tiempo con la familia. Cuando me llegó la invitación, no acabé de entenderlo. ¿Tanto tiempo sin hablar contigo y me invitabas a tu casa? Decías que querías reunirte con tus amigos de siempre y hacer música con ellos. «Vendrán sus compañeros de la academia. Si le parece bien, podría tocar con ellos el gran trío en re de Bach. Y también una pieza de solista, si le apetece. ¿Puedo contar con su presencia?». Mis hermanas estaban tan sorprendidas y emocionadas como yo. «¿Qué le dirás?». «Le dirás que sí, ¿no?». «Sí, ¡dile que sí!», decían las tres a la vez.

—Callaos, por favor. —Me molestaban con tanta insistencia. Me fui corriendo al dormitorio, me encerré, cogí papel y pluma, y te respondí. Pero mis hermanas, que me estaban espiando, no tardaron en interrumpirme.

—A ver qué le escribes. —Marta me quitó la carta de las manos y leyó en voz alta lo que te había escrito: una larga lista de mentiras que concluían con un «lamentablemente, no podré asistir»—. Estás loca —me dijo.

—Loca de remate —añadió Rosina antes de romper aquellas páginas.

—Irás. Yo te acompañaré —sentenció Marta.

Me quejé y argumenté mis razones; les dije que ellas no comprendían mis sentimientos, que prefería no volver a verte nunca más, porque si no te volvía a ver la tristeza se iría un día u otro, y en cambio, si te veía, no se iría nunca. Defendí mi postura hasta perder las fuerzas, pero mis hermanas acabaron por convencerme de que me equivocaba. Marta me puso la pluma en la mano y te escribí una nueva respuesta: «Asistiré encantada».

Volver a verte no fue tan extraño como había imaginado. Estabas igual. Habías cambiado la forma de vestir, eso sí que lo noté, pero tu mirada tenía la claridad de siempre. Ni tú ni yo mencionamos el tema de la gira ni nuestro distanciamiento.

—La veo muy delgada. —Me mirabas, sonriente.

—La familia ha pasado una mala época.

—Algo he oído, sí. Lo siento.

Entonces me presentaste a tu esposa. Su nombre era Guilhermina Suggia, pero tú la llamabas Mina. Era portuguesa, nueve años más joven que tú, guapa y enérgica, diferente, muy diferente de mí, de mis hermanas y de las muchachas con las que solíamos relacionarnos. Yo me parecía a mi abuela y a mi madre, pero las mujeres a las que ella hubiera podido parecerse todavía no habían nacido. Yo era discreta y miedosa; ella, una mujer segura y convencida de sus cualidades y su poder. A buen seguro, si un crítico se atrevía a hacer un comentario sobre el instrumento que tenía entre las piernas, ella le respondería con decisión y sería capaz de ponerlo en ridículo y avergonzarlo.

Toqué la sonata de Bach con mis compañeros, tal y como me habías pedido, pero rechacé la propuesta de tocar como solista. Guilhermina sí lo hizo: tocó una pieza breve y muy sencilla. Sentadas la una al lado de la otra, Marta y yo la escuchábamos cautivadas. De repente, detrás de nosotras, una voz masculina se abrió paso entre nuestras cabezas y me susurró:

—No se atreva a envidiarla. Usted ha tocado tremendamente bien.

Marta y yo miramos con el rabillo del ojo a aquel extraño que me hablaba y, entre risas, llegamos a la conclusión de que no lo conocíamos de nada.

Más tarde, cuando acabó la música, viniste a buscarme tú solo.

—Venga conmigo, Francesca, quiero presentarle a alguien.

Te seguí, Marta nos siguió a los dos, y resultó que la persona a la que querías presentarme era el desconocido que nos había hecho reír durante el concierto.

—Felip Capdevila, un buen amigo que la admira desde hace tiempo.

—Mucho gusto —dijimos mi hermana y yo casi a la vez.

—¿Usted también es músico? —preguntó Marta.

—No, ya me gustaría.

—Él es hombre de números —aclaraste tú.

—¿Y está soltero? —El atrevimiento de Marta no tenía límites; se había propuesto resolverme la vida.

—Sí, soltero. Aún no he encontrado a la mujer que lo cambie. —Felip soltó una media carcajada. Solo tenía ojos para mí.

—Qué suerte que hayamos venido hasta aquí, ¿verdad, Frasquita? —dijo Marta, con intención.

—Sí, ha sido un placer ver tocar a su esposa. —El juego de mi hermana me hacía sentir incómoda, así que intenté disimular.

—¿Dónde puedo encontrar un vaso de agua? Hace tanto calor... —Marta te cogió del brazo y os fuisteis juntos.

Felip y yo nos quedamos solos.

—¿Usted no tiene sed? —me preguntó.

—No. Estoy bien.

—Espero que no le haya molestado.

—¿El qué?

—Como antes no me ha hecho mucho caso, le he pedido a Pablo que nos presente.

Pocos días después de aquel primer encuentro, empezamos a festejar.

Padre ya no vivía con nosotras, pero seguía presente en nuestras vidas. Lo veíamos a menudo y, si no podíamos verlo, hablábamos con él por carta. Madre se iba consumiendo de tristeza, sin entender ni cómo ni por qué el amor se le había puesto en contra. Sus hijos tampoco lo entendíamos, pero éramos conscientes de que la relación era insalvable. Solo una vez abrigamos una cierta esperanza de recuperar a padre y hacerlo volver a casa. A Manel, el marido de Júlia, le habían concedido una beca para estudiar en Alemania y ella no quería marcharse sin antes hacer las paces con padre. Iba cada tarde a verlo al taller con el pequeño Marcel, pero no entraba. Se quedaba fuera, en la calle, esperando a que saliera. «Saluda al abuelo», le decía al niño cuando aparecía mi padre. La escena se repitió durante meses, y cada tarde el abuelo se negaba a responder al saludo del niño, hasta que un día Marcel se soltó de la mano de su madre y corrió a abrazarse a las piernas de su abuelo. Vencido por la ternura espontánea de la criatura, con los ojos llenos de lágrimas, padre estrechó al pequeño Marcel entre sus brazos. Más tarde, ese mismo día, Júlia vino a casa para contarnos con pelos y señales lo que había pasado. Madre lloró. «Quizá vuelva a casa», sollozaba. Pero no volvió nunca.

Cuando empezamos a salir, Felip y yo solo nos veíamos los miércoles y los domingos. Después, poco a poco, empezamos a quedar más a menudo y un buen día decidimos que queríamos casarnos. Fuimos los dos a Sant Gervasi a hablar con padre. Yo no temía su reacción; confiaba en que la reconciliación con Júlia lo hubiera ablandado.

—¿Es usted monárquico?

—De aquella manera —respondió Felip—. Respeto a los monarcas, pero mi prioridad es el país.

—Catalanista, pues.

—Sí, señor, hasta los tuétanos.

—¿Y se gana bien la vida con el negocio de las calefacciones?

—Bastante bien, sí.

—Entonces, viajará a menudo a Madrid.

—En realidad no voy nunca.

—Mejor. Yo trabajé mucho en Madrid y siempre me trataron bien, pero reunirte con aquellos hombres era más difícil que soportar un dolor de muelas. Nunca llegaban puntuales, siempre tenían cosas más importantes que hacer. ¿Quiere saber cuáles?

—¿Cuáles?

—Dormir. O ir a ver una corrida. En fin.

Entonces se puso de pie, invitándonos a marcharnos. Felip y yo también nos levantamos.

—Si quieren casarse, adelante, pero sepa que mi hija no tiene dote. No puede tenerla porque se casa contra mi voluntad.

Aquello nos dificultaba las cosas. Tendríamos que vivir en el piso de la familia de Felip y compartir el espacio y los días con su madre y sus hermanos, pero tuve que conformarme. No quería discutir con mi padre, no quería que sus gritos y sus aspavientos me aguasen la fiesta.

—Que le vaya bien, señora Capdevila —me dijo, con ganas de enfadarme. A veces padre se comportaba como un niño consentido.

Por suerte, el resto de la familia recibió la noticia con alegría. Todos parecían felices. Felip era un hombre educado, elegante, honesto y generoso, y nadie, ni madre ni hermanos ni tías, pudo encontrarle el más mínimo defecto.

«Ten paciencia con padre —me aconsejaba Júlia desde su destierro alemán—. Ya verás como todo se arregla. Y, sobre todo, no dejes que el matrimonio te aleje de la música. Si la dejas, la extrañarás tanto como yo ahora. No dejes de tocar el violonchelo nunca».

Mi hermano Claudi, que estaba en Londres, me escribió:

«Prométeme que esta vez lo celebraremos todos juntos y comeremos dulces».

Maria también me felicitó desde Mannheim. Pobre Maria, tuvo una suerte pésima con los hombres. Con el primero, porque estaba casado y no tenían ningún futuro, y con los que vinieron después, por mil y una razones de toda clase. A veces me escribía ilusionada porque tenía un nuevo pretendiente, «ya me estoy haciendo el ajuar», me decía, y en la carta siguiente lamentaba que el asunto hubiera terminado casi antes de empezar. «Ya no me corteja, Frasquita. *C'est la misère!*».

Lluïsa, que por aquel entonces preparaba otra de sus exposiciones en la Parés, quiso hacerme un retrato.

—Será mi regalo de bodas —dijo.

Me pintó sentada, casi de perfil, con los pies sobre un pequeño taburete y las manos cogidas en el regazo. En el cuadro no miro a la pintora; de hecho, no miro a ningún sitio, estoy como absorta, pensativa. También hay un atril, pero Lluïsa no pintó ninguna partitura. Sobre el atril, solo un chal de colores verdosos y anaranjados. El violonchelo lo pintó en reposo, con la caja de resonancia sobre un mueble que apenas se ve, tal vez un baúl o una silla, y el mango encima de una mesa.

La exposición, la más importante de las que Lluïsa había hecho hasta el momento, se inauguró pocos días antes de la boda. Lluïsa presentó retratos al óleo y dibujos a sanguina. Compartía el espacio con otra pintora, pero la obra más comentada fue la suya. La sala se llenó de gente: familia, conocidos, periodistas culturales, críticos de arte y una importante representación de las amigas feministas de mi hermana. Quizá fue porque se trataba de un cuadro grande (un óleo sobre tela de más de un metro y medio de ancho y casi dos metros de alto), o porque todo el mundo sabía que me casaría en breve, pero mi retrato fue una de las piezas que más llamaron la atención. Lluïsa lo tituló *La violonchelista descansando*.

«¿En qué pensaba mientras posaba para su hermana?», me preguntaban unos.

«Se la ve enamorada», comentaban otros.

Yo los dejaba hablar. Ni respondía a los interrogantes ni añadía una sola palabra a los comentarios. Asentía con educación, les regalaba una sonrisa y empezaba un nuevo tema de conversación.

—¿Qué te pasaba por la cabeza? —Felip también quería saberlo.

—Pensaba en ti, en nosotros —respondí con una mentira.

Solo Lluïsa conocía la naturaleza de mis pensamientos, solo ella sabía de la magnitud de mi dilema. ¿Hacía bien casándome con Felip? Mi moral católica, con una vocecilla obstinada, me repetía que el mejor estado para una mujer era el matrimonio y que ya estaba bien de rechazar pretendientes. Tenía veintinueve años; si quería tener hijos, y yo quería tenerlos, no podía esperar mucho más.

En *Le roman du mariage*, Tolstói escribió que la felicidad es vivir una vida tranquila con la pareja y los hijos, disfrutar de la naturaleza, descansar entre libros y música, ser útil a los demás, quererlos y hacer el bien. La joven Masha se da cuenta de que el nacimiento de su primer hijo inaugura una nueva vida y transforma en recuerdos las fantasías, el entusiasmo y los arrebatos de juventud. «Quizá sea eso —pensé—. Si no hay pasión, habrá ternura, intereses compartidos, una misma fe, el amor por la música y el proyecto de construir una vida en común. Construiremos un hogar, tendremos hijos y seremos una familia».

Penélope moribunda, antes de morir del todo, dije que sí al matrimonio.

Unos guantes de organdí y unos zapatos de lazo.

En cuanto supe que Guilhermina Suggia y tú vendríais a tocar a Barcelona empecé a pensar en cómo vestirme. Soy discreta, no me gusta llamar la atención ni ser protagonista, pero tengo debilidad por la moda, siempre la he tenido, sobre todo por los guantes y los zapatos. Ahora, sin embargo, hace años que ni veo una revista de moda ni puedo sentir el placer de acariciar una tela vistosa.

En el Liceu, la noche de tu concierto con Suggia, yo quería ser la mujer más guapa y elegante de todas las que fuesen a verte. Era nuestro primer concierto de primavera, y la ocasión merecía estrenar vestido, así que fui a la modista. Ella, que me conocía bien, me hizo varias propuestas adecuadas a mis gustos y a la moda del momento, que, por suerte, había hecho desaparecer el corsé de nuestras vidas. Opté por un vestido de dos capas, la primera de un damasco rosa pálido y la otra, la interior, de un tejido de encaje con motivos florales y del mismo color crema que los guantes. El cuerpo era asimétrico, se cruzaba sobre el pecho y se ceñía a la cintura. La falda era larga, tenía cola y, por delante, una abertura que iba de la cintura a los pies y dejaba entrever la capa interior del vestido. La pieza del escote, también de encaje, era recta y solo insinuaba la forma de los senos. Las mangas me cubrían los brazos hasta los codos, de forma que podía lucir todo el largo de los guantes. Hice que me forraran los zapatos con el mismo damasco del vestido y no pude resistir la tentación de llevar un pequeño bolso de mano de nudo japonés, confeccionado con una seda de un color verde rompedor. Me sentía hermosa, más segura y fuerte que nunca. Hacía tiempo que la tristeza y la apatía habían quedado atrás. Con Felip a mi lado, vivir era otra cosa.

No diré nada del concierto, que fue magnífico, pero sí de la prensa. Al día siguiente de vuestra actuación, los críticos hablaban de «la alumna preferida de Casals, una violonchelista extraordinariamente bella».

«Digna discípula de su profesor», decían.

Y también: «Digna esposa de su maestro».

Era triste ver cómo pasaba el tiempo sin que los críticos cambiasen su forma de mirarnos ni de escribir sobre nosotras. A veces llegabas a pensar que ni siquiera les gustaba la música. Yo misma podría haber escrito cien o mil frases con más significado que aquellas. Guilhermina había hecho un cambio espectacular desde la primera vez que la había visto tocar, no solo por cómo lo hacía, sino también por las piezas que tocaba, pues ya no se conformaba con un programa de composiciones breves y sencillas, ya se atrevía a tocar las mismas obras que tú. Incluso se atrevió con una de las Suites de Bach. Si se me hubiera permitido escribir algo sobre aquel concierto, habría hablado, en primer lugar, del cambio en el programa de Guilhermina. Luego, de su expresividad y de la fuerza de su arco. Finalmente, habría elogiado también el modo en que cuidaba todos los detalles de la escena: la iluminación del espacio, el vestido, los zapatos, el maquillaje, el peinado, los brazos desnudos de ropa y joyas, sus uñas rojas, el brillo de sus pendientes. No era solo la música lo que la hacía tan especial, no era solo el exitoso atrevimiento de tocar piezas tan complejas como las que tocabas tú, era la suma de todas esas cosas y era, sobre todo, que su violonchelo tenía una voz propia.

Después del concierto, durante la pequeña recepción que organizasteis, quise saludar a Guilhermina. Hacía poco de mi boda, así que hablar del matrimonio fue la forma más natural de iniciar nuestra conversación. Me atreví a bromear con la idea de que vuestros hijos y los nuestros jugarían juntos y de que, si conseguíamos despertar en ellos el amor por la música, quizá acabarían formando un trío o un cuarteto de música de cámara.

—Nosotros no tendremos hijos —dijo como si nada.

—Oh. Lo siento.

—No es una cuestión de salud, si es eso lo que piensa.

—Pues sí... —Había pensado que, por fuerza, uno de los dos sufría algún tipo de impedimento físico. No se me ocurrió ningún otro motivo que pudiera dar lugar a una afirmación tan drástica.

—No tendremos hijos —repitió—. Y tampoco estamos casados.

Me quedé sin palabras. Ella reparó enseguida en mi sorpresa.

—¿Tanto le extraña? —me preguntó.

—Creía que se habían casado en París.

—Todo resulta más fácil bajo esta idea de matrimonio: los viajes, los contratos, las promociones... Y también es más fácil para nuestras familias. Pero ni estamos casados ni nos casaremos.

—No lo entiendo. ¿Qué tendría de malo? —¿No os amabais? ¿Era todo fingido?

—Somos pareja, en eso no hay ninguna mentira. Pero Pablo tiene prisa por ser padre, y yo no quiero tener hijos. Si cedo a sus deseos, adiós violonchelo.

—Claro. Debe de ser difícil combinar los escenarios y la crianza de los hijos. —Lo creía de veras, yo misma tenía pensado dejar mi trabajo en la academia cuando me llegase la hora de ser madre—. Pero quizá más adelante...

—No, no quiero hijos, ni ahora ni más adelante. Las mujeres tenemos que elegir, es una lástima, pero así es, y yo elijo mi carrera. —De repente parecía preocupada, como si se arrepintiera de lo que acababa de decir—. He hablado demasiado, si Pablo se entera...

—¿Se enfadaría?

—Imagino que sí... ¿Puedo confiar en su discreción?

—Claro.

Desde el momento en que Felip y yo subimos al coche, al salir del teatro, hasta que llegamos a casa, no fui capaz de pronunciar una sola palabra. Si él me preguntaba alguna cosa, yo le respondía con monosílabos. Si él afirmaba, yo asentía. Me moría de ganas de comentarle las confidencias que me había hecho Guilhermina, pero pensé que ya sabría que no estabais casados y que, en nombre de vuestra amistad, te guardaba el secreto. Además, había prometido ser discreta.

—Ya sé qué te pasa —me dijo más tarde, mientras nos metíamos en la cama.

—No me pasa nada. Estoy cansada.

—Igual la envidias.

—¿A quién?

—A Guilhermina.

—Claro que no.

—Si quieres tocar, si quieres tener una carrera, puedes hacerlo. Te lo dije desde el primer día, yo te seguiré, te acompañaré allá adonde vayas.

—Ni lo quiero ni lo necesito. —El momento de elegir ya había pasado, me conformaba con las sesiones de la academia y con mis clases.

—¿Y qué necesitas?

—Nada. Va todo bien. —Mentía. Necesitaba un hijo, lo necesitaba y lo quería con todas mis fuerzas, un primer hijo y después otro y todos los que Dios quisiera darnos.

—Será un matrimonio breve. Mina y Pablo se parecen demasiado, no aguantarán mucho tiempo juntos. —Apagó la luz.

—Nosotros, sí. —Yo busqué una caricia en la oscuridad.

—Nosotros, siempre. —Y no tardé en sentir los latidos de su corazón sobre el mío.

Tolstói escribió páginas y páginas sobre el amor y el deseo, y también sobre los celos. En San Salvador teníamos dos ejemplares de *La sonate à Kreutzer*. El mío era un regalo de mi hermana Maria; el tuyo, un regalo de Susan. Quizá todos leíamos a Tolstói en aquella época.

Si ahora me viene a la mente *La sonate* es porque he vuelto a pensar en el fin de tu relación con Guilhermina. Lo que pasó en San Salvador ese verano —seré más precisa: lo que decían que había pasado— bien podría ser una escena de Tolstói, la escena en la que el marido sorprende a su mujer en brazos de su amante y, enloquecido por la ofensa, es incapaz de reprimir su dolor y su rabia. Porque eso es lo que decían de ti, que habías enloquecido.

En verano siempre tenías invitados. Te gustaba reunir a los amigos en la casa de la playa y hacer música, descansar, discutir sobre pintura, leer un poema, navegar, bañarte, hacer música otra vez, salir a caminar, descansar y volver a hacer música lejos del jaleo y la presión de los escenarios. Felip y yo siempre éramos bienvenidos en tu casa, pero ese verano no fuimos. «Guilhermina se ha ido, y el ambiente está enrarecido», me dijo Felip. Eso era lo único que sabíamos, que ella ya no estaba y que, al irse, había dejado un rastro de tristeza y de humor sombrío.

Fue más tarde, durante los meses de otoño, de parte de conocidos comunes y también por lo que me contaban los parientes de París, cuando empezaron a llegarnos las habladurías. Había dos versiones. La primera giraba en torno a la infidelidad de ella y tu arrebato de celos (te habías encontrado a Guilhermina en plena transgresión con uno de tus célebres amigos). La segunda, sobre vuestra rivalidad profesional (un crítico había afirmado que Guilhermina era mejor que tú, y tu orgullo no lo había podido soportar). Pero los principales protagonistas de las dos versiones, los malvados de la historia, erais tú y tus accesos de cólera.

Yo no te he visto nunca ni colérico ni enloquecido. Te he visto lloroso, deprimido, angustiado, enfermo, alegre, dormido, de malhumor, insomne, con miedo, cansado, compasivo, enternecido, hundido, maltrecho, feliz, colapsado...

Pero jamás te he visto colérico. Delante de mí, nunca has enloquecido.

Tu madre, como la mía, parió once veces, pero a ella, a diferencia de la mía, solo le sobrevivieron tres hijos.

La primera criatura no tardó mucho en morir. Después naciste tú. Luego, otro niño. Luego, otro. Luego, otro, y otro, y otro más. Seis niños y muertos los seis. Después, dos niñas que también murieron. Finalmente, y por suerte, nacieron tus hermanos Lluís y Enric. Solo si tienes en cuenta todas estas pérdidas comprendes la obsesión de tu madre por protegerte.

Desde que se quedó viuda, la señora Pilar vistió siempre de negro. Practicaba un catolicismo severo y la rodeaba un aura invisible de dama férrea. Era la cabeza y el pilar de vuestra casa, y cualquier mujer que quisiera ser tu esposa tendría que aceptar su presencia. No sé qué clase de relación tuvo con Guilhermina, pero sé que con Susan nunca se llevó bien. Lo sé a ciencia cierta porque, sin haberlo pedido, me vi en medio de sus guerras.

¿Cómo hiciste para pasar de la dolorosa ruptura con Guilhermina al matrimonio con Susan en tan poco tiempo y tan deprisa? Tu madre no lo entendía. Tus amigos, que tanto te queríamos, tampoco éramos capaces de entenderlo. Te habías casado en Nueva York de forma inesperada, sin anuncios ni preparativos de ningún tipo, y mediante una ceremonia civil. Nadie de tu familia asistió al enlace. Creo que tu madre tuvo que escribir una carta de consentimiento o de bienvenida a Susan, no lo recuerdo bien. Sé que la ceremonia fue en agosto y que ese verano no lo pasaste en San Salvador. Meses después, cuando el fin del otoño anunciaba un invierno crudo y de nevadas, llegasteis a Barcelona.

Antes de conocerla, lo único que sabíamos de Susan era su nombre y su profesión: Susan Metcalfe, soprano, cantante de *lieder*. Después, fuimos sabiendo más cosas. De padre americano y madre italiana, protestante, tenía aspecto de mujer culta y de clase alta. No se parecía a Guilhermina en nada y era evidente que se sentía extraña e insegura entre nosotros. Se la veía siempre cohibida e incómoda. Echaba de menos a los suyos y permanentemente tenía pinta de querer coger las maletas y marcharse a toda prisa.

—¿Le importaría salir de paseo con mi esposa? —me preguntaste una tarde—. Debo tratar unos asuntos con Felip y no quiero aburrirla más de la cuenta.

—Lo haré con mucho gusto. —Necesitabas a alguien que le procurara cierta confianza, y mi disposición a complacerte no había menguado ni una pizca.

Me dijiste que le gustaban las flores y la pintura, así que me la llevé a ver cuadros y a pasear por la rambla. Por la recomendación de Lluïsa, fuimos a la sala Parés. Exponía un joven artista castellano que se había instalado en Barcelona hacía poco y que, siguiendo las nuevas tendencias que venían de Francia, pintaba figuras y paisajes casi geométricos. Después propuse que parásemos en uno de los cafés de la rambla. Me habría gustado llevar a Susan a Els Quatre Gats, pero ya no existía, así que elegí uno nuevo. Hacía poco que lo habían inaugurado, decían que era un hervidero de artistas, y yo me moría de ganas de entrar. Cuando acabábamos de elegir mesa y ya teníamos al camarero delante, Susan decidió que el local no le gustaba.

—¿Qué le parece si nos vamos? —preguntó—. Prefiero caminar.

—Caminemos, pues —accedí a regañadientes.

Yo me habría quedado en aquel café toda la tarde, pero la invitada era ella. Sin embargo, no supo decirme qué le había resultado desagradable. Quizá fue el ruido o el humo o aquella confusión de gente tan diversa que a mí me atraía tanto. No me dio tiempo a reconocer a nadie, pero entre los clientes seguro que había periodistas de renombre, actrices de cabaret, artistas bohemios y poetas de aquellos que hacían versos en forma de dibujo. También había un piano, aunque, por supuesto, el pianista no tocaba Beethoven ni Brahms. Era otro tipo de música, un tango, me atrevería a recordar; no puedo estar segura porque solo me dio tiempo a escuchar cuatro notas.

Justo al salir a la calle, recuerdo que pasamos junto a una castañera. La mujer estaba rodeada de chiquillos, un niño y dos niñas con las narices heladas y llenas de mocos.

—Pues sí que es sucia esta ciudad —comentó Susan. Entonces me cogió del brazo. No fue un gesto de confianza ni de complicidad. Lo que decía aquel gesto era que no se sentía segura, como si le dieran miedo las calles y la gente a la que no conocía.

Caminamos en silencio rambla arriba. Su comentario no me había gustado; al fin y al cabo, aquellas calles, sucias o limpias, eran las mías.

—¿Le puedo hacer una pregunta personal? —me dijo al cabo de un rato.

—Claro. —No quería ser desagradable.

—¿Usted y su marido aún se aman como el primer día?

—Sí —respondí sin dudar. Era la verdad. Tras cinco años de matrimonio, Felip y yo nadábamos felices en la calma de nuestra pecera.

—A mí me da miedo que se acabe el amor.

—¿Y por qué habría de acabarse? Si no han hecho más que empezar a vivirlo.

—Huy, no. Pablo y yo nos conocíamos de antes.

Aquella revelación despertó mi curiosidad. ¿De antes? ¿Antes de qué? Sin embargo, me mordí la lengua y no dije nada. Ya sabes cómo soy. Si Susan quería contarme algo, me lo contaría. Si no quería contármelo, pues adiós muy buenas. Interrogarla no formaba parte de mis planes, me parecía muy poco elegante.

—De antes de su relación con Suggia —aclaró enseguida.

Se confirmaban, pues, los rumores que hacían correr los músicos de la academia. Vivías, o habías vivido, yendo de un puerto a otro, de los brazos de una mujer a los brazos de otra.

—No lo sabía —dije por decir algo.

No me apetecía nada ahondar en el asunto. Para desviar su atención, me paré delante de una florista e intenté cambiar de tema. Que si la resistencia de los geranios, que si la flor del crisantemo, que si el color de los lirios salvajes... No lo conseguí. Ni castañas ni cafés ni floristas. No le gustaba nada. Nada de lo que yo le ofrecía le parecía interesante. Solo tenía ganas de hablar, de contarme cuándo y cómo os habíais enamorado. Me dijo que os habíais conocido durante tu segunda gira por Estados Unidos, «fue un *coup de foudre*», me dijo, un enamoramiento inevitable, voluntad del destino. Me contó que os amasteis enseguida y que enseguida te presentó a su familia e hicisteis planes de futuro. También me dijo que, durante tu gira por Sudamérica, le escribiste cinco cartas de amor bellísimas y una sexta, inesperada y dolorosa, con la que ponías fin a la relación. Pocos meses después de aquel final inexplicable, al saber que te habías casado con Guilhermina, fue incapaz de entender tu comportamiento, lloró «ríos de tristeza». Sin embargo, cuando pasados los años supo que Mina y tú os habíais separado, viajó hasta Berlín para verte y te perdonó. «La llama del amor se encendió de nuevo y decidimos casarnos», me dijo.

—Pero discutimos demasiado, por eso me da miedo que se acabe. Discutimos por todo. Fíjese que todavía no sabemos dónde instalarnos. Yo quiero vivir en Nueva York, y él quiere vivir cerca de su madre. Imagino que al final optaremos por tener un apartamento en Londres y otro en Nueva York.

—¿Y Barcelona? —Me resultaba incomprensible que hubieses descartado vivir en Barcelona.

—No. Aquí solo vendremos en verano, a la playa.

—Sí, a Pablo le gusta el mar...

—Hoy hemos vuelto a discutir. ¿Se puede creer que todavía no hemos decidido dónde nacerá nuestro hijo?

El cuerpo se me revolvió como si me hubieran dado un puñetazo en el hígado, un golpe seco en la boca del estómago.

—Felicidades. Enhorabuena. —Me sentía obligada a decir algo.

—Gracias. Aún es pronto para anunciarlo, pero me hace tanta ilusión...

—Es normal —contesté, no sé por qué.

Entonces, sé que crucé los dedos y pensé: «Que no me lo pregunte, por favor, que no me lo pregunte». Pero me lo preguntó.

—¿Usted no quiere tener hijos?

¿Por qué todo el mundo se creía con derecho a preguntarme por mis hijos? Hablar de mi maternidad frustrada me resultaba incómodo. No podía soportarlo. Y con una desconocida, todavía menos.

—Los tendré si Dios quiere —respondí para dar por terminado el asunto.

De las nueve hermanas Vidal, solo Júlia tuvo una criatura. No digas que no es curioso. Tal vez padre nos había maldecido. Tal vez nuestro vientre se rebelaba contra la posibilidad de repetir la odisea de nuestra madre. O tal vez Dios tenía otros planes para nosotras. Durante los primeros años de matrimonio, no tener hijos me provocó un gran dolor, pero, de repente y sin saber muy bien por qué, ese dolor se desvaneció. Después, a lo largo de los años, lo he sentido de nuevo alguna vez, levemente, como en un eco. Cuando convivíamos con tus sobrinos en San Salvador, y también cuando los teníamos con nosotros, aquí, en Prades, a menudo me afligía el recuerdo de la pena. «Qué lástima que no hayamos podido casarnos, cuánto lamento que no hayamos tenido hijos», te decía. ¿Lo recuerdas? «Somos una familia —contestabas tú entonces—. No podemos pedir más».

Aquella tarde, al volver de nuestro paseo, Felip me recibió con una expresión de felicidad extraordinaria.

—Tengo noticias, Frasquita —me susurró con voz dulce mientras me abrazaba.

—¿Qué ha pasado? —Yo pensaba en el embarazo de Susan, claro, pero la prudencia me exigía esperar.

—Cuando lleguemos a casa te lo cuento. Son muy buenas noticias.

Estaba desconcertada. Si la noticia era el embarazo, ¿por qué no podíamos hablar de ello? En aquella habitación solo estábamos nosotros cuatro. ¿Qué nos impedía hablar de ello abiertamente? No, la buena noticia tenía que ser otra. Encontré tus ojos sin buscarlos, azules y sonrientes. Estabas tan ilusionado como Felip. ¿Qué le habías contado?

¿De qué asuntos habíais hablado mientras nosotras dos paseábamos? No podía esperar a llegar a casa.

—Cuéntamelo ahora, no me hagas sufrir más. —Acabábamos de dejaros en el hotel, ni siquiera habíamos llegado a la calle todavía.

—Una orquesta. Pablo quiere tener una orquesta en Barcelona. Tenemos que pensar cómo hacerlo, él cuenta con nosotros. Será la Orquesta Pau Casals. ¿Qué te parece? ¿No te alegras?

—Sí, sí, claro que sí, es una idea magnífica. —Me alegraba, pero también me daba cuenta de que tu proyecto de tener una orquesta estable en Barcelona no casaba con el deseo de Susan de vivir en Nueva York.

Tu madre me escribió poco después de que os marcharais. Quería saber cosas de Susan. ¿Me caía bien? ¿Creía que te haría feliz? ¿Me había parecido la mujer que necesitabas? ¿La veía capaz de crear un hogar para ti? ¿Te acompañaría durante las giras? No supe qué responder. Por supuesto, del embarazo no le dije nada. Si tu madre no me había hablado de ello, debía de ser porque lo ignoraba. Elogié a Susan tanto como pude. Solo me equivoqué en una frase, pero eso lo sé ahora, en aquel momento no fui consciente de mi error. «No le gusta Barcelona», escribí. Y ya la tuvimos montada. La respuesta de tu madre no se hizo esperar. En esa ocasión, en lugar de escribirme, vino a verme a mi casa. «Quiere llevárselo —decía entre lágrimas—. Quiere quitárnoslo». Opinaba que Susan solo quería tu nombre, que buscaba lo mismo que, en su opinión, había buscado Guilhermina. Ser la esposa de Casals debía ser algo magnífico en la vida de una violonchelista o una cantante profesional. «Mi hijo tenía que haberse casado con una mujer de aquí, una mujer católica, que lo amase por cómo es y no por lo que es, una mujer como usted, Frasquita», me decía.

Las tías de la torre, Manuela y Maria de Loreto, se presentaron en mi casa de buena mañana.

—Tu padre no está bien —me dijeron.

Hice como si oyera llover. Mi padre nunca estaba bien. Vivía siempre en un drama u otro y siempre nos quería cerca, como espectadoras o comparsas.

—Quiere verte —dijo la tía Manuela—. Ha preguntado por ti.

—Sí, claro, y cuando me tenga delante, me mandará derechita para casa, como si no lo conociera. —Recordaba los meses en Olot, sus caprichos, las veces que reclamó la presencia de Frederic para nada.

—No, Frasquita. —La tía Maria ya estaba llorando—. Esta crisis no podrá superarla.

No me lo acababa de creer, pero, aun así, claudiqué y subí a Sant Gervasi. Apenas había cruzado la puerta del dormitorio cuando me llegó aquel olor, un olor desconocido, como a polvo o a humedad, que me hizo entender que mi padre se estaba muriendo.

—Señora Capdevila —me dijo en tono de mofa; aún con ánimos de molestarme—, ¡qué gran honor!

Fui hacia el balcón y corrí las cortinas. El sol otoñal iluminó la estancia. Padre estaba en la cama, sentado entre cojines y medio tapado con una colcha. Llevaba el batín de seda y la gorra de fieltro, iba descalzo y tenía los pies hinchados, así como las piernas y la cara, y la piel se le había tornado de un color como de azufre. Por encima de la cama y por el suelo, una montaña de libros, álbumes, papeles...

—¿No le molesta todo esto?

Empecé a recoger todos aquellos trastos. Y, si él me lo hubiera permitido, yo lo habría amontonado todo, lo habría metido en un baúl y habría obligado a padre a levantarse de la cama y a caminar, habría ventilado el dormitorio y habría cambiado las sábanas, pero no me lo permitió. En cuanto entendió mis intenciones, me cogió de la muñeca y me detuvo.

—Déjalo estar.

—¿Para qué tiene aquí estos papeles?

—Me hacen compañía. Déjalo, te lo ruego.

Lo obedecí.

—¿Le hace falta algo? ¿Cómo es que me ha llamado?

—Que yo sepa, todavía eres mi hija.

Entonces cogió su viejo álbum de recuerdos y empezó a pasar páginas.

—Toma, esta es la que te gusta. —Era la lámina japonesa, la del dibujo del acróbata y las mariposas; me sorprendió que se acordara—. Quédatela. Así tendrás un recuerdo de tu padre. Uno bonito, quiero decir, que de los malos debes de tener a montones.

—Si empieza a hablar así, me voy.

—Pero si acabas de llegar. Siéntate y cuéntame cosas de tu madre.

Hice de tripas corazón y obedecí.

—¿Cómo está mi querida Celes?

—Preocupada por usted —contesté.

No pronuncié ni una palabra sobre la tristeza de madre. No dije nada de las tardes en que Mercedes y yo íbamos a visitarla con el propósito de distraerla y cantábamos con ella y le leíamos novelas en voz alta. No dije nada de los miles de veces que ella nos mostraba su librito, un manual francés sobre el matrimonio cristiano, mientras repetía una y otra vez que no sabía en qué se había equivocado. Tampoco le dije que apenas salía de casa, que había ganado peso y que le costaba caminar, que ya no visitaba a sus amigas y que sus amigas tampoco la visitaban a ella.

—Tu madre es un ángel.

Volvía a ser dulce, volvía a ser el padre de cuando éramos pequeñas.

—¿Quiere verla? —A los dos nos costaba hablar.

—Me gustaría, sí.

—¿Y a Lluïsa también?

—Si ellas quisieran...

Salí de la torre decidida a volver aquella misma tarde con mi madre y todos mis hermanos. Lo primero que hice fue ir a ver a Lluïsa a su estudio. En esos tiempos, mi hermana trabajaba tanto... Daba clases cada mañana, de lunes a domingo, y todavía tenía tiempo para su obra y para cumplir con los encargos de ilustraciones y retratos.

En cuanto me vio, se alarmó e interrumpió la lección.

—Madre. ¿Qué le ha pasado? ¿Se ha caído?

—No, no es madre. Las tías han venido a buscarme...

No me dejó acabar.

—Tengo trabajo, no tengo tiempo para tonterías. —Reaccionó con la misma desconfianza que yo.

—Lluïsa, escúchame. Padre se está muriendo.

Mi padre y Lluïsa se habían visto poco desde que habíamos vuelto de Olot. Ya fuera por carta o durante alguna de las visitas que le hacía, lo mantenía informado de todos sus progresos. Él la había acostumbrado a hacerlo desde pequeña y, aunque mi hermana ya no necesitaba ni su aprobación ni su crítica, seguía compartiendo con él los avances de su vida artística. Cada vez que inauguraba una exposición le escribía una postal y lo invitaba; cada vez que vendía un cuadro o recibía un encargo importante, también se lo contaba. Y lo que más le habría gustado a mi hermana cuando compró el estudio habría sido celebrarlo con él.

—Tienes que ir a verlo —le dije—. Tenemos que ir todos, iremos esta tarde y nos despediremos.

—¿Esta tarde?

—Si lo dejamos para mañana, tal vez no lleguemos a tiempo.

—No. Yo voy ahora.

Mientras Lluïsa se reunía con padre y los dos lloraban por su reconciliación, yo convencí a mis hermanas Mercedes y Júlia de que debíamos dar un último concierto para él. Tocamos Beethoven y una sonata de Grieg, y habríamos tocado aún más si él no nos hubiera parado.

—Familia —dijo en aquel tono solemne que usaba cada vez que tenía algo que anunciarnos—, he rezado a Dios, y él me ha hecho entender que debo pediros perdón. El orgullo mata al hombre, y yo no querría...

Hizo un gesto de dolor inesperado. Cerró los ojos con fuerza, se tapó la cara con el brazo y giró la cabeza como si quisiera esconderla en la almohada. Madre se acercó a él, amorosa.

—No hables más. Mira, mira lo que te he traído.

Abrió el bolso y sacó una botellita de cristal. Le había preparado uno de sus remedios.

—Te he hecho el jarabe de naranja.

—¡Oh! Celes, querida —dijo, vencido.

—¿Quieres un traguito?

Con la delicadeza de una geisha, madre preparó una servilleta y un vaso. En el vaso, vertió un chorrito de su remedio y lo mezcló con miradas amorosas y sonrisas. Los hijos callábamos. Contemplábamos al espectáculo anonadados, maravillados de que aquella mujer que hacía ocho años que lloraba la pena de vivir lejos de su marido aún pudiera mirarlo, hablarle y tratarlo con tanta dulzura.

—¿Qué te había dicho, Francesca? —me preguntó entonces padre, ¡y qué alegría oír que volvía a llamarme por mi nombre!

—¿El qué, padre?

—Tu madre es un ángel.

—Sí.

—Oh, Celes —dijo entonces—, si te has puesto el collar.

Creo que ninguno de nosotros se había fijado. Si padre no lo hubiera mencionado, no nos habríamos dado cuenta de que madre llevaba su collar de compromiso. Aquella joya era el primer regalo que le había hecho padre, un collar de oro y platino con incrustaciones de jade verde diseñado en los talleres Masriera.

Feliz por la visión de la joya y reconfortado por el remedio de madre, volvió a hablar para todos nosotros.

—Quiero un funeral íntimo —dijo—. Si tenéis que hacer una esquela, hacedla cuando ya me hayáis enterrado. No quiero que vaya nadie, no quiero una ceremonia pública con discursos vacíos y caballos enlutados con plumas negras.

—Se hará como usted diga —contestó Frederic—. Todo se hará a su gusto y según su voluntad.

Después, nos despedimos de él uno a uno y fuimos saliendo de la habitación. Dentro se quedaron solo madre y Lluïsa.

—Esperad —dijo padre justo cuando Júlia y yo cruzábamos el umbral del dormitorio. Nos detuvimos y lo miramos expectantes y tristes, a punto de romper a llorar—. Hijas mías, habéis tocado tan bien como siempre.

—Gracias, padre —dijo Mercedes.

—No es un elogio. Tenéis que trabajar más, tenéis que tocar mejor. Perseverad, no bajéis la guardia, trabajad con fe y entusiasmo, y mantened bien alto nuestro pabellón artístico.

Nos tragamos las lágrimas y nos reímos como pocas veces en la vida, desatadas.

Al margen de la imposibilidad de tener hijos, con Felip tuve una vida razonablemente feliz.

En el manual del matrimonio cristiano que nos hizo leer madre, podías encontrar frases como esta: «En el matrimonio, es una gran desgracia el día en que, al escuchar a su mujer, el marido bosteza». Pues bien, puedo decir sin miedo a equivocarme que Felip no bostezó nunca mientras yo hablaba. Al contrario, me escuchaba siempre, y siempre, antes de tomar una decisión, me pedía mi consejo.

Era un hombre tranquilo, bueno, trabajador, modesto y generoso. Te admiraba y te quería y, desde que le comunicaste tu deseo de tener una orquesta en Barcelona, se conjuró con los dioses para hacerlo posible. Él, nuestro amigo Pena, tu hermano Enric y yo misma nos convertimos en la vanguardia de tu sueño. Pese a todo, tuvimos que esperar cuatro años para hacerlo realidad. Europa estaba en guerra. Fueron años funestos. En el año 14, justo cuando empezaba el conflicto armado, murió padre. En el año 16, perdimos a nuestro amigo Granados. Y en el año 18, murió mi hermana Lluïsa. Sí, fueron años funestos y agridulces. La primera guerra coincidió con la época de tu triunfo americano, un éxito que Felip y yo misma celebramos como si fuese nuestro al tiempo que alimentábamos la ilusión de volver a verte bien prontito y cumplir tus anhelos.

Cuando venías, en verano, paseábamos contigo por la playa y compartíamos nuestro disgusto por la guerra y las ansias de paz. Siempre venías solo. «Ella tiene miedo», decías con tristeza. Y era natural que lo tuviera. Nuestro amigo Granados y su esposa habían muerto en medio del mar. El barco en el que viajaban había sido torpedeado por los alemanes. «¿A quién se le ocurre cruzar el mar sabiendo que podemos morir?», debía de pensar Susan. Si me pongo en su piel, imagino que yo también habría sentido aquel temor, pero estoy segura de que habría sido incapaz de dejarte partir solo. Tú, en cambio, o no tenías miedo o sabías cómo superarlo. Tu necesidad de volver a casa era tan grande que ni la guerra te lo impedía. Siempre me ha fascinado que en situaciones de peligro seas capaz de mostrar un comportamiento tan..., ¿cómo decirlo?, ¿imprudente?, ¿osado?, ¿temerario, quizá?, y a la vez tan contradictorio con la hipersensibilidad de tu carácter.

Una vez terminada la guerra y superadas todas las dificultades, llegó por fin el momento de presentar oficialmente la Orquesta Pau Casals. Tu sueño se cumplía. Llegaste a Barcelona un día antes de empezar los ensayos. Venías de un viaje de casi treinta días en barco, cansado de las giras, nervioso y excitado, impaciente ante la nueva aventura. Y venías también triste porque, una vez más, habías hecho el viaje solo. Susan prefirió pasar el verano con su familia. Se reuniría contigo más adelante, justo antes de la presentación de la orquesta. Por todo eso, ni a Felip ni a mí nos extrañó que tu madre nos dijera que no estabas bien. Nos parecía de lo más natural que, antes de ponerte a trabajar con los músicos, quisieras descansar unos cuantos días. Sin embargo, no nos hacíamos a la idea de la magnitud del problema. Poco después supimos que la cosa era grave. Por un lado, el cansancio del trabajo que venías de hacer, sumado a la angustia del que te esperaba, te provocó un colapso nervioso. Por otro, el estudio obsesivo de una obra de Strauss a pleno sol y en una partitura diminuta, te llevó a sufrir una infección terrible en los ojos, tan terrible que te hicieron falta casi cuatro meses de aislamiento y soledad para recuperarte, cuatro meses de atenciones, curas y consuelo. Mientras tanto, tu hermano se ocupaba de los ensayos, tu madre te cuidaba y todo el mundo se preguntaba dónde estaba Susan. Cuando por fin llegó tu esposa, estalló la crisis. La señora Pilar acusaba a Susan de haberte dejado solo, y Susan se quejaba de que nadie la hubiera avisado de que estabas enfermo.

«Pablo tiene un carácter difícil, pero sin él jamás habría conocido tanta belleza», me dijo Susan, emocionada, cuando acabó la primera actuación de la orquesta. Pocos días después, volvió a marcharse. La tensión con tu madre le resultaba insoportable.

—Me instalaré en París con mi hermano y esperaré a que Pablo se reúna con nosotros.

—No se vaya, Susan —le pidió Felip—, él la necesita.

—No, lo que necesita es calma y reposo, lo ha dicho el médico. Y mientras nos tenga a las dos alrededor no conseguirá ni una cosa ni la otra. Lo hago por él. Quiero que se ponga bueno enseguida.

Felip creía que aquella nueva separación marcaba el inicio de vuestro divorcio. Se equivocó. Vivisteis seis meses separados, pero el verano siguiente Susan y tú parecíais más felices que nunca. Vuestra vida conyugal se alimentaba de crisis, largas separaciones y reconciliaciones aparentemente definiti-vas, un concepto de matrimonio que distaba mucho de la idea de felicidad conyugal que teníamos Felip y yo.

Aquel verano del 21, el verano en el que parecíais tan felices, cuando nos reunimos con vosotros en la playa, Felip se esta-ba recuperando de una infección en los pulmones. Yo había querido posponer el viaje, pero no hubo manera.

—¿Y si esperamos un poco? —le había propuesto—. Que-démonos en Barcelona hasta que estés del todo bien.

—Estoy bien. Me siento flojo, pero estoy bien. En la pla-ya acabaré de recuperarme.

No pude convencerlo de que esperáramos. Él tenía más ganas que yo de verte y empezar a trabajar en el futuro de la orquesta. Algunos de los patrocinadores se habían echado atrás y había que buscar a otros. Estaba preocupado, no en-tendía por qué todo resultaba tan difícil, por qué la ciudad se resistía a apoyarte. Todavía convaleciente y muy nervioso, al poco de llegar a San Salvador sufrió una recaída.

—Les recomiendo que vuelvan a casa —me dijo un médi-co amigo de tu madre—. Será mejor que lo trate su médico, creo que puede ser grave y no quiero interferir.

—Pero ¿cómo de grave? Si estaba bien, ayer estaba bien —repetía yo, desesperada.

—Lamento tener que decirle esto, señora Capdevila, pero, tal y como yo lo veo, es cuestión de días.

Tras hablar con el médico, fui a ver a Felip y lo convencí de que volviéramos a Barcelona. Recuerdo aquel instante como uno de los más dolorosos que he vivido. Me tragué la desazón y la tristeza y argumenté, con todo tipo de excu-sas inconsistentes, que si su médico sabría mejor que nadie cómo tratarlo, que si no era momento de hablar de orquestas ni patrocinadores, que necesitaba la paz de casa y, sobre todo, que yo estaría mucho más tranquila si teníamos cerca a nuestro médico de confianza.

Estaba tan nerviosa y asustada que no acertaba ni a hacer las maletas. Suerte que estaba Susan. ¡Qué buena fue conmigo ese día!

—Cuídese y póngase bueno pronto —dijiste cuando subíamos al coche.

—En menos de una semana volveremos a estar aquí, ¿a que sí, Frasquita?

—Incluso antes —mentí yo—, igual mañana mismo, a ver qué nos dice el médico.

—Si no lo deja venir, ya iremos a verlo nosotros —dijiste tú.

Fingimos ser sordos. Fingimos no escuchar que la muerte llamaba a la puerta. Él mismo lo fingió. Las cosas que no se decían no existían. No existía el adulterio si no se hablaba de él, no existía la muerte si fingíamos ignorarla.

«Es cuestión de días», me había dicho aquel buen hombre. En el coche, mientras volvíamos a casa, no podía dejar de pensar en ello. En cuestión de días, se acabaría el pronunciar su nombre en voz bajita cuando estábamos en la cama, desaparecerían su olor, la ternura de sus caricias, la bondad de su voz, las palabras de buenos días y las de antes de apagar la luz. En cuestión de días, tendría que decir adiós al compañero entusiasta, a las ganas de hacer cosas, al movimiento continuo, a la vida que elegí al entender que esperarte no tenía sentido. En cuestión de días, tendría que elegir una nueva vida. ¿Seguiría viviendo en el piso de Barcelona con mi suegra y mis cuñadas? ¿Volvería a vivir con madre? ¿Dejaría el trabajo en la orquesta y las clases en el Institut Casals? Felip era el nudo que me unía a ti, pero, en cuestión de días, el nudo se iría aflojando e iría perdiendo fuerza hasta deshacerse del todo.

El médico de Barcelona estuvo de acuerdo con el diagnóstico. «Una semana, quizá dos», dijo. Me quedé junto a Felip hasta su último suspiro. Los dos nos preparamos para recibir a la muerte sin nombrarla jamás. Aquella noche, al salir del dormitorio, entre todos los que esperabais, yo solo te vi a ti.

—Se acabó —imagino que os dije entre lágrimas.

Te acercaste a mí para abrazarme. Nunca me habías abrazado. Susan nos miraba, y yo me sentía culpable no sé de qué, tan culpable y tan incómoda que enseguida hui de tus brazos.

—No me deje solo, Francesca. —Me cogiste de las manos para retenerme—. La orquesta la necesita ahora más que nunca.

El nudo no se había deshecho. El nudo era fuerte, indestructible, era para siempre.

—El color tan especial que tiene el mar en estas playas se debe a las algas —me dijo una vez el hermano Fernando—. *Fucus vesiculosus*, por eso vinimos aquí.

—¿Las escogieron por las algas?

—Tienen una gran concentración de yodo, y el yodo es fundamental para nuestros niños.

Conocíamos al hermano Fernando desde que la orden de San Juan de Dios se había instalado en aquel edificio viejo, una masía rústica y sencilla que solo podía ofrecer espacio a unos cincuenta niños enfermos. Dos veces al día, los frailes sacaban a los niños del sanatorio y los llevaban a la playa; decían que la brisa marina, cargada de sal y de yodo, les iba muy bien para los huesos. Sin embargo, el sanatorio viejo no estaba lo bastante cerca del mar, así que los hermanos tuvieron que construir un pabellón de madera sobre la arena para que los niños más enfermos no acusaran el esfuerzo que suponían aquellas excursiones diarias. A mí me gustaba pasear hasta el pabellón. Tu madre y yo habíamos ido más de una vez y más de dos a visitar a los pequeños y a ofrecer nuestra ayuda a los frailes. Llevábamos cosas ricas para los niños: fruta, chocolate, pasteles y galletas que habíamos hecho en casa; creo que incluso cosí algún muñeco de trapo para aquellas criaturas. Con Susan y con mis hermanas también había ido. Rosina, Marta y Teresa, antes y después de la muerte de Felip, solían venir a pasar unos días conmigo. «Me gusta estar aquí contigo, Frasquita —me decía Teresa siempre que venía—, pero no sé si aguantaré muchos días». En San Salvador había música cada día, continuamente. Hacíamos música nosotros, tus invitados e incluso los amigos de tus invitados, que también eran bien recibidos en tu casa. «Esto ya parece un conservatorio», decía Teresa, que era incapaz de soportarlo. «Deberíamos tener unas persianitas en la oreja para poder cerrarlas como cerramos los ojos cuando estamos cansados de mirar y ver cosas», se quejaba. A nosotros la música nos hace felices, pero no todo el mundo es como nosotros.

De las muchachas Vidal, Teresa y Marta eran las más feministas. Las ideas de Lluïsa hicieron mella en ellas. Incluso aprendieron a conducir. Vivían juntas; habían comprado un piso en Barcelona y allí convivieron siempre. Entraban y salían de casa cuando querían y con quien querían. Ambas trabajaban de secretarias y se ganaban bien la vida; eran mujeres independientes y libres, y su forma de entender el amor también lo era.

Teresa se enamoró de Oleguer Junyent, un hombre veinte años mayor que ella. Se veían cuando les iba bien. Se acostaban cuando tenían ganas. Viajaban juntos, hacían rutas por Inglaterra, Grecia, Italia... Él tenía una casita en Mallorca. Iban a menudo y pasaban días de excursión por mar y por tierra. Oleguer aprovechaba aquellos viajes para tomar notas y coger ideas para sus cuadros y sus escenografías. Se amaban sin papeles. A padre le habría parecido escandaloso, pero ellos disfrutaban de su independencia y no daban explicaciones a nadie.

Marta también tuvo algunos pretendientes, pero no renunció a su libertad por ninguno de ellos.

Rosina, que trabajó como bibliotecaria durante una larga temporada, quiso mucho a un joven alemán con el que llegó a hacer planes de matrimonio. Si mi hermana no hubiese descubierto que su prometido la engañaba con otra mujer, estoy segura de que habríamos acabado celebrando la boda. Sin embargo, al descubrir el engaño, Rosina hizo la cruz a los hombres, esperó a que muriese madre y entró de monja en las Hermanas de la Caridad. Sospecho que la figura del hermano Fernando y los momentos que habíamos pasado con él y con los niños del sanatorio tuvieron algún tipo de influencia en aquella decisión.

—Aquí lo tiene, este es nuestro piano. —No cabía en sí de gozo. Melómano apasionado, nuestro amigo había aprendido a tocar el piano antes de ponerse el hábito y no paró hasta conseguir uno para el hospital.

La masía y el pabellón de madera habían pasado a la historia. Hacía quizá dos años que los hermanos de San Juan de Dios habían inaugurado el nuevo sanatorio, un edificio magnífico a pie de playa y con capacidad para un centenar de niños. Todas las habitaciones tenían salida a la terraza y al mar y, en una de ellas, tras muchos esfuerzos, el hermano Fernando por fin pudo instalar un piano.

—Enhorabuena. Ahora que lo tenéis aquí, un día de estos vendré con el chelo y tocaremos juntos.

—Gracias —me respondió—. Yo no me habría atrevido a pedírselo.

—Siempre que quiera, no tiene más que decírmelo.

—Pero sí que voy a pedirle otra cosa, un pequeño favor...

—Si puedo complacerlo...

—No sé si podría enseñarme algunas canciones, canciones sencillas que los niños puedan cantar, o al menos disfrutar escuchándolas.

—Claro que sí, si me da un poco de tiempo, lo haré con mucho gusto.

Me puse manos a la obra y reuní una docena de partituras. Algunas tuve que pedirlas a Barcelona; otras las escribimos Rosina y yo. Ella conocía muchas canciones, ya que de pequeña había cantado en el coro de la iglesia con Carlota. Ambas tenían una voz de soprano magnífica.

Ya estábamos en el jardín, con la colección de partituras bajo el brazo, cuando tu madre nos paró.

—No es buena idea. —Estaba convencida de que iba a llover y de que la tormenta sería tremenda, de esas que no se olvidan—. Dejen los cantos para otro momento.

—Es que mañana me voy. Regreso a la ciudad, tengo que ver a mi prometido —le explicó Rosina—. Además, el hermano Fernando nos está esperando. Le hicimos una promesa.

—Si no van, lo entenderá perfectamente. Comprenderá los motivos en cuanto empiece a llover.

—¿Lluvia? Yo no veo ni una nube. —Mi hermana se negaba a cambiar de planes—. Si llueve, será tarde. O mañana, quizá.

—Será hoy, y no falta mucho —contestó tu madre, convencida.

A base de años y aguaceros, la señora Pilar había aprendido a leer el cielo, y sus predicciones se cumplían casi siempre. Aquella tarde también acertó: la tormenta arrancó en cuanto llegamos al sanatorio. El cielo clamaba con truenos enfurecidos, las ráfagas de viento hacían temblar los cristales del edificio, y las olas subían tan alto y con tanta fuerza que parecía que iban a llegar hasta nosotros. No aflojó en toda la tarde.

—Ahora no se pueden ir —nos dijo el hermano Fernando

cuando le llegó el momento de retomar sus actividades—. Quédense aquí hasta que amaine, nadie les dirá nada.

Y nos dejó solas en aquella sala a la espera de la calma.

—Tenemos que llegar antes de que oscurezca.

—Sí, empapadas como patos... —dijo Rosina, entre risas.

—¿Y qué quieres?

—La señora Pilar te lo va a recordar todo el verano.

—Y con razón, tendríamos que haberle hecho caso.

—Ven. —Juguetona, me cogió de la mano y corrió hasta el piano, arrastrándome con ella—. Ahora cantas tú y toco yo, pero no me des un pescozón si me equivoco.

—La de los pescozones era Mercè.

—No, señora, no, eras tú.

Cuando nuestras hermanas pequeñas aún lo eran, Mercedes y yo les dábamos clases de piano y de violín. Era cosa de padre, claro, encabezonado con su proyecto de crear una familia de artistas. Pero Rosina no prestaba atención; tenía ganas de jugar todo el tiempo y se distraía con el vuelo de una mosca. Confieso que a menudo me ponía tan nerviosa que se me escapaba un cachete. Todavía hoy, después de tantos años, me lo recuerda siempre que puede.

Me dejé llevar por su entusiasmo. Mientras ella tocaba, yo cantaba de espaldas a la puerta de la sala. Hipnotizada por la danza del mar y la lluvia, cantaba y movía los brazos y las manos como si fuese a emprender el vuelo en cualquier momento. Estaba tan absorta que, cuando Rosina dejó de tocar, ni siquiera me di cuenta: canté hasta el último verso. Más tarde, por la noche, cuando ya estábamos solas y a punto de dormir, me contó que había dejado de tocar porque te había visto entrar en la sala, que le habías hecho un gesto discreto de negación con la cabeza y que, llevándote un dedo a los labios, le habías pedido que no dijese nada y me dejase terminar.

—Frasquita —dijo Rosina—, ya nos han traído la barca.

Entonces te vi. No sabía cuánto rato llevabas allí.

—Mi hermano nos está esperando en el coche.

—Vamos, pues, no lo hagamos esperar más —contestó ella antes de salir.

Yo la seguí. Al pasar por tu lado, me detuve un momento.

—Gracias por venir.

—Madre ha insistido. Sufría por usted.

No parecías molesto, al contrario, más bien parecía que la escena te había complacido. Me pusiste la mano en la cintura y no la retiraste hasta que llegamos al coche, los dos empapados.

Se acabaron los truenos y las ráfagas de viento, caía solo una lluvia fina que dejó la tierra en sazón.

Llovió durante días y, una de aquellas tardes de lluvia, Enriqueta vino a buscarme a la casita de invitados.

—¿Jugamos al juego de la tía Susan? —me preguntó al oído.

—¿Por qué hablas tan bajito? —Yo también hablaba bajito, imitándola.

—No lo sé —respondió con otro murmullo.

Pero la niña sabía, como sabían todos tus sobrinos, que no te gustaba ni hablar de Susan ni oír a los demás hablar de ella. «La tía no vendrá más —les habían advertido los adultos—. No habléis de ella con el padrinet». Y los niños obedecían.

—¿Por qué susurras? —le dije—. Ahora no nos oye nadie. ¿O es que no estamos solas?

—Sí. Pero ¿jugamos o no?

¡Qué monada de criatura! ¡Y qué testaruda era! Siempre que venía a buscarme, yo, a poco que pudiera, lo dejaba todo para jugar con ella. Me había robado el corazón y, mira, ahora me lo devuelve. Menos mal que estos últimos años hemos podido contar con Enriqueta y Vincent, y también con mis sobrinos, Frederic y Maria Teresa, que nos sacan de tantos apuros.

Aburridos de jugar solos, de no poder salir al jardín ni a la playa a causa de tantos días de mal tiempo, los niños querían jugar al juego estrella de la tía Susan. Tu esposa solía esconderles paquetitos de golosinas por casa para que ellos los buscasen como piratas en pos de un tesoro.

—De acuerdo —accedí—, pero tendréis que esperar un poco mientras lo preparo.

—¿Hasta cuánto tenemos que contar?

—Hasta cien, y muy despacio.

—Uf, cien es demasiado. —Salió disparada a avisar a sus hermanos y a sus primos—. Contaremos solo hasta cincuenta. Uno, dos, tres, cuatro...

Intenté esconder los dulces tan lejos de ti como pude. Sabía que estabas trabajando y no quería que el alboroto de los niños te distrajera. Sin embargo, a cada paso que daba, Enriqueta se acercaba más a ti.

—Seguro que está aquí.

—Frío, frío —le decía yo, y ella, en lugar de rectificar y cambiar de dirección, insistía y avanzaba unos pasos más.

—Huy, no, si sigues por ese camino pronto te convertirás en un muñeco de nieve —le decía yo entonces.

—¿Y ahora? —No quería obedecer; daba un paso, dos pasos más. Me miraba, traviesa, y se reía.

—Cuidado con los osos polares, te vas a tropezar con ellos.

—¡Aquí! ¡Seguro! —Corrió hasta ti y se metió debajo de tu silla.

—Oh, ¡qué lástima! —Hice teatro—. Ahora sí que se ha acabado el juego, te has convertido en una estatua de hielo, y las estatuas no comen dulces.

Entonces me miraste y vi que te estabas riendo por lo bajo. Yo también me reí.

—Enriqueta —la llamaste y, al oír su nombre, la niña se levantó del suelo y se plantó delante de ti.

—Hola, padrinet.

—¿Cómo sabías que el tesoro estaba aquí? —Tenías unos caramelos en la mano, los hiciste aparecer como por arte de magia. Ni ella ni yo logramos descubrir el truco.

Un torbellino de criaturas alborotadas irrumpió en la sala. Todos llevaban la boca y las manos llenas de golosinas. «¡Ya las hemos encontrado! —decían—. Enriqueta, tú no tienes». «Ya no llueve». «Venid, corred, ha salido el arcoíris». Y con el mismo ímpetu con el que habían entrado, echaron a correr hacia la terraza. «¡Yo también voy! —decía Enriqueta—. ¡Esperadme!».

Los seguí. Desde la terraza, por entre las nubes, vimos un tímido arcoíris. «¿Cuántos colores hay?», preguntaba uno. «Siete», respondía otro. «Yo solo veo cinco». «Pues yo tengo frío». «Y yo». «Y yo también». Y cuando una de las niñas echó a correr de nuevo, los otros la siguieron a toda prisa, jugando a las carreras. Tú salías de casa en aquel momento y estuvieron a punto de tirarte al suelo.

—Voy a buscar el chal —te dije—, quiero caminar un rato. Me gusta el olor que deja la lluvia.

No dejaste que me marchara.

—Francesca, espere.

—¿Sí?

—Hace días que quiero decirle algo.

—¿Sí?

—Tengo... Creo...

—¿Qué le preocupa? ¿Ha pasado algo?

—No es eso, no, no es cosa del trabajo, es algo mío... Quería decirle que he empezado a sentir un afecto diferente por usted, un afecto especial. No sé decirle desde cuándo, pero ahora la veo de otra manera y también me siento de otra manera cuando la tengo cerca.

¿Un afecto especial? ¿Era eso lo que habías dicho? Me

costó asimilarlo, porque ni me esperaba tus palabras ni creía posible que un día fueses capaz de pronunciarlas. Me había resignado a dedicarte la vida, a serte útil sin pedir nada a cambio.

—Si la incomoda que se lo haya dicho, la dejaré sola y volveré a entrar en casa. Pero si siente usted lo mismo, me gustaría acompañarla y pasear a su lado.

—Espéreme aquí, necesito el chal, que ahora refresca.

Tú tenías cincuenta y dos años; yo, cuarenta y ocho. Tú eras un hombre casado; yo, una mujer viuda; ni tú ni yo habíamos tenido hijos, ya no los tendríamos, pero paseamos después de la lluvia, el uno al lado del otro, felices y en silencio porque las palabras, de haberlas pronunciado, se habrían convertido en un estorbo.

Más tarde, por la noche, me senté al piano y toqué una de las canciones que mi madre, mis hermanas y yo cantábamos en Sitges algunas tardes de verano, cuando la gente que caminaba por la orilla del mar se paraba delante de casa para escucharnos. La letra de aquella canción era de tu amigo Mestres; le habías puesto música años atrás, cuando ambos soñábamos con vivir cerca del mar, cuando ni tú ni yo sabíamos —no podíamos saberlo— que recorreríamos el mismo camino. *Que curtes, vida meva, són les hores.* ¿Te acuerdas? Toqué las primeras notas y enseguida te sentaste a mi lado. Tocábamos a cuatro manos, pero parecíamos un solo músico.

—Canta —me pediste—. Me gusta oírte cantar.

Y cantamos toda la noche. Primero una canción, luego otra.

Que curtes, vida meva, són les hores
com les hores d'avui, que curtes són.
Que curtes i que dolces sentint batre
sobre mon cor ton cor.

Y llegó entonces el alba y el día claro y, con el día, el miedo a ser descubiertos.

—Nadie debe saberlo —me pediste.

—Y nadie lo sabrá —acepté tus condiciones.

Callar lo que había nacido entre nosotros, aunque doloroso, era sobre todo necesario. Susan te negaba el divorcio. ¿Qué opción teníamos, sino el silencio? Lo que no se dice no existe.

Seguí viviendo en la casita de invitados hasta la muerte de tu madre. Después, una Navidad, la primera que pasabas sin ella, me pediste que me instalara en la casa grande. Poco a poco, me convertí en una más de vosotros. Tus sobrinos me cambiaron el nombre y pronto tú también empezaste a llamarme Tití. Nos amábamos en secreto pero a la vista de todos, y el secreto lo hacía todo más urgente y absoluto. Creí, y tú también, ambos lo creímos, que San Salvador sería nuestro para siempre, pero un tornado de violencia y caos nos absorbió y nos expulsó lejos de la vida que amábamos.

No era la primera vez que la violencia nos golpeaba.

Cuando yo tenía trece años, una noche de estreno, un hombre llamado Santiago Salvador lanzó dos bombas en el patio de butacas del Gran Teatro del Liceu.

De aquellas dos bombas solo explotó una. Murió una veintena de personas, y también hubo muchos heridos. En casa no se habló de otra cosa durante días. Recuerdo que un periódico publicó en portada un dibujo que pretendía ilustrar el desastre. Algunos amigos de padre, que habían sido testigos de la explosión, opinaban que el dibujo era demasiado delicado y que ni de lejos reproducía el doloroso espectáculo de aquella noche. El autor de los hechos fue juzgado y sentenciado a muerte y, desde la cárcel, en los días previos a la ejecución de la sentencia, hizo unas declaraciones terroríficas. Después de tantos años, no logro recordar las palabras exactas, pero sí me acuerdo de que hablaba de su crimen con fruición. Salvador contaba que después del atentado se había quedado en la calle largo rato, moviéndose entre la gente y contemplando el horror en el rostro de los testigos, observando a los heridos y disfrutando con sus llantos. Y lo contaba como quien narra la proeza de un héroe, adornando su relato con frases como: «¡Madre mía, el miedo que tenían aquellos burgueses!». Contaba también que la mañana del día del funeral, convencido de que acudiría mucha gente y emocionado ante la idea de llevar a cabo una segunda acción más terrible aún que la primera, había visitado a sus compañeros de lucha y les había pedido más bombas. Por suerte, nadie quiso complacerle. «No son lo bastante valientes —se lamentó—. Hacen falta más hombres como yo, hombres de carácter firme, decididos a luchar por el progreso». Pero, pese a la negativa de sus amigos, Salvador volvió a la escena del crimen.

Mucho antes de la hora prevista, las calles se llenaron de tal forma que parecía que no cabría ni una persona más. Los balcones, adornados con crespones negros, como las farolas de la rambla, estaban igual de abarrotados. Llovía con furia y, bajo los centenares o miles de paraguas que de nada servían, un río de trajes oscuros y de lágrimas de incomprensión y tristeza inundaron el paseo. Entretanto, y según lo que contaba en aquella entrevista, Santiago Salvador se subió al monumento a Colón, trepó tan arriba como pudo y desde allí contempló el paso de los féretros camino del cementerio. «¡Qué ocasión tan magnífica para lanzar tres o cuatro orsinis más! —exclamaba—. Autoridades, burgueses, capellanes, hombres y mujeres ricos, ¡qué gozo hacerlos saltar por los aires!».

No sé si aquel tipo de frases las dictó el criminal o si nacieron de la pluma inspirada del reportero; el caso es que el relato de Salvador hizo que padre entrase en cólera. El monumento a Colón, una de las grandes atracciones de la primera gran exposición de Barcelona, se había fundido en los talleres Vidal. En casa habíamos oído hablar de él tantas veces que todos sabíamos de memoria la altura del señor Colón —ocho metros—, el largo de su índice, tan desproporcionado respecto al cuerpo —cincuenta centímetros—, o la circunferencia de sus pantorrillas —casi dos metros—. El nombre de padre salía en la prensa cada vez que se hablaba de aquella estatua, y él, que había sufrido durante siete años el proceso de su creación, la sentía tan propia como cualquiera de sus obras. Así pues, era de esperar que la imagen del criminal abrazado a la magna figura de bronce con las manos manchadas de sangre le resultase insoportable.

Pero, más allá del enfado de padre, más allá de la tristeza que vistió de largo a la ciudad, el atentado del Liceu supuso para mí dos grandes revelaciones. Una, el descubrimiento, quizá solo la comprensión repentina, de que nuestra familia formaba parte de la burguesía. Siempre había pensado que los burgueses eran los clientes de padre, pero resultó que nosotros también lo éramos y eso nos convertía en enemigos de los que decían luchar por el progreso. «Si el objetivo de los anarquistas son los amantes del arte y la música, estamos claramente en peligro», decían los adultos. El anarquismo nos había declarado la guerra. ¿Y por qué? Pues porque los partidarios de aquella lucha, que según lo que decían habría de transformar la sociedad, cuando abrían los ojos por la mañana solo aspiraban a llegar a la noche con vida. En cambio, nosotros y las familias como la nuestra, cuando despertábamos por la mañana, teníamos tantas ilusiones que no podíamos acabárnoslas ni en un día ni en diez años. Vivíamos en la zona noble de la ciudad, no pasábamos ni frío ni hambre, disponíamos de servicio doméstico, si queríamos, podíamos conseguir metros y metros de telas preciosas para confeccionar vestidos, recibíamos una educación refinada, disfrutábamos del arte, podíamos elegir si veraneábamos en la montaña o en la playa, podíamos viajar, estudiar en París o en Londres, comprar los mejores instrumentos musicales, asistir a fiestas privadas, a los cafés de moda, a los bailes y a los estrenos e incluso relacionarnos con la nobleza y los reyes. Teníamos el futuro asegurado, o al menos eso nos parecía, y aquella seguridad nos llevaba a no pensar en lo que pasaba fuera, nos encerrábamos en la exquisitez de nuestro mundo y no veíamos el dolor de los demás.

La otra gran revelación consistió en entender que había hombres capaces de ejercer una violencia inesperada y mortal sobre personas indefensas.

«La primera explosión anarquista también fue en la rambla, ¿os acordáis?». «¿No mataron a un niño pequeño?». «Ay, sí, pobrecillo, su cuerpo quedó hecho pedazos». «Hoy, tres personas muertas en la procesión». «Cuéntalo todo y cuéntalo bien, ¡tres personas muertas y más de cuarenta heridas!». «Así pues, tengo razón. Sus enemigos no somos solo nosotros, también los militares y la Iglesia son enemigos de los anarquistas, ¿lo veis? ¡También la religión!».

A través de las conversaciones de los adultos, nos enteramos de que las bombas venían de lejos y de que no desaparecerían fácilmente. Poco a poco, fue creciendo en nuestro interior otra visión de Barcelona, una imagen rociada de sangre, una postal de cadáveres y cuerpos desmembrados en medio de las calles.

He pensado a menudo en aquella trágica noche de ópera, y a menudo también he pensado en la trágica semana que vivimos unos años más tarde: ocho días de infamias y vilezas con centenares de muertos y de edificios religiosos incendiados, con miles de detenidos, ejecuciones de hombres inocentes, profanaciones de tumbas y exhibiciones desdeñosas de los cadáveres en las plazas, y cuando lo pienso me doy cuenta de que la amenaza de la violencia nos ha perseguido siempre.

No exagero si digo que he vivido con miedo buena parte de mi vida adulta. Todavía hay momentos en los que me asalta el temor de que nos vengan a buscar y nos apresen, de que un pelotón de hombres armados se te lleve lejos de mí y de que te corten los brazos, como aquel general fascista prometió que haría. Después me tranquilizo, empiezo a pensar que eso ahora no puede pasar, que el odio ha quedado atrás, que ya no hay nadie que quiera hacernos daño, pero siempre me queda la duda y, al cabo de un tiempo, no mucho, recibo una nueva embestida.

El 18 de julio de 1936 nos despertamos en San Salvador.

A primera hora de la mañana, a través de la radio, el gobierno español informó de que la noche anterior un grupo de militares se había alzado contra la República. La insurrección se había producido en Marruecos y, según el gobierno, en la península todo estaba en orden y nadie tenía nada que temer.

—Una cosa es lo que diga el gobierno y otra lo que pueda pasar en las calles —dijiste tú.

—¿Crees que en Barcelona habrá jaleo?

—Hace demasiado tiempo que la gente está nerviosa. Y ya sabemos lo que pasa cuando la gente tiene miedo y se desespera.

—Pero tenemos que ir, no podemos suspender el ensayo —te dije.

Al día siguiente dirigías el concierto inaugural de las olimpiadas populares en Montjuïc y aquella tarde teníamos el último ensayo.

—Quizá sea mejor que te quedes aquí.

—¿Y eso por qué? —te pregunté, pero no quise ni oír tus argumentos; antes de que me los expusieras, te dije—: Me da igual. Voy contigo. Quiero hacer como siempre, te acompaño.

Llegamos al Palau de la Música a la hora acordada. Todo el mundo estaba al tanto de lo que ocurría, pero el ensayo transcurrió con normalidad, con tus «tai-tia» y tus «pa-pam» de siempre. Ensayabais la *Novena* de Beethoven. Unas doscientas personas se preparaban para tocar y cantar el himno final de la sinfonía cuando llegó el emisario de la Generalitat. Quería hablar contigo. Con una expresión de urgencia e inquietud, dijo que tenía que entregarte una carta.

Interrumpiste el ensayo, leíste la nota y me la diste. Las olimpiadas no se celebrarían. En consecuencia, el concierto inaugural quedaba anulado y, por lo tanto, también el ensayo. Se preveía que la revuelta estallaría de un momento a otro. Debíamos evacuar el Palau, recogerlo todo e irnos lo más rápido posible.

—Pero si estamos a punto de acabar. —La tristeza te sobrevino de golpe.

—Maestro, se lo ruego —insistió el emisario, angustiado—. De camino aquí ya he visto algunas barricadas, no creo que tarden en oírse los tiros. Recojan, guarden sus cosas y váyanse todos a casa.

—¿Qué hago? ¿Qué hacemos? —murmurabas, y me mirabas como si quisieras pedirme consejo.

—Vámonos, Pablo, si mañana no hay concierto, no tiene sentido seguir.

—No —respondiste, murmurando todavía.

Dudaste unos segundos y después te dirigiste a la orquesta y a los miembros del orfeón.

—Amigos, dicen que tal vez esté a punto de empezar otra guerra. Si es cierto, esta guerra no será como la de Cuba ni como la del 14, esta nos tocará de cerca. El consejero de Cultura nos ha pedido que recojamos y nos vayamos todos a casa, pero a mí me duele poner fin al ensayo de esta forma tan abrupta y tan triste. Como no sabemos cuándo volveremos a reunirnos, ¿qué les parecería acabar la *Novena* y cantar la *Oda a la Alegría* como si fuese un regalo de despedida que nos hacemos entre todos?

Tu propuesta nos conmovió. Las palabras que habías elegido, «guerra», «despedida», eran las que más temíamos; las teníamos en los labios, igual que tú, pero no nos atrevíamos a pronunciarlas en voz alta porque decirlas era aceptar su significado, era hacer real la guerra y llorar los adioses, era abrir la puerta al miedo y a la desesperanza. Para mí no tenía sentido continuar con el ensayo; para ti, en cambio, tenía todo el sentido del mundo. Abandonar era rendirse. Acabar la sesión y dirigir la *Oda a la Alegría* era tu intento de contagiarnos del ideal de los grandes poetas, un ideal que dice que la voluntad de los hombres es grande y poderosa, y lo que sienten sus corazones es tan noble que este mal viento que ahora se afana a separarlos no logrará su propósito.

Tu petición nos convenció a todos. Acabamos el ensayo. El bello poema de Schiller se elevó, alto, muy alto, y nos colmó de una alegría extraña. Mientras tanto, por las carreteras circulaban ya algunos camiones llenos de gente exaltada y, dentro de la ciudad, grupos de incontrolados asaltaban los cuarteles y se hacían con las armas.

De camino a casa, triste como el niño que ha perdido su tesoro más valioso, repetías: «Nuestro mundo se acaba».

Cuando estalló la revolución, mi hermana Maria llevaba tres años muerta. Había muerto en Mannheim, sola y en silencio. Quería morir y encontró el modo de hacerlo. Estaba cansada de vivir, cansada de esperar el amor, y los versos que escribía ya no le procuraban ningún consuelo. A Marta y a Teresa las perdimos un año antes de la guerra; ambas murieron de gripe y casi al mismo tiempo. Un día, Teresa, y cinco días después, Marta. Mercedes, que se había quedado viuda, se había vuelto a casar y vivía en Madrid con su segundo marido, un maestro de escuela republicano que, a causa de sus ideas, puso en peligro su vida y la de mi hermana. Júlia y Manel, entonces cercano a las ideas de Mussolini, huyeron a Francia a toda prisa y se quedaron allí hasta que acabó la guerra. Así pues, aquel mes de julio en Barcelona solo me quedaban Claudi, Frederic y Rosina, que vivió dos años encerrada y paralizada de miedo.

Todos habíamos oído hablar de las monjas de las cocheras. Decían que las habían detenido cerca de la Escuela Industrial. No llevaban el hábito, se habían cambiado de ropa para no llamar la atención, pero no les sirvió de nada, porque los agresores enseguida se dieron cuenta de que mentían. Debieron de delatarlas el pelo o los zapatos, quizá una de ellas se santiguó, tal vez otra llevaba una estampa de la virgen o un crucifijo colgado del cuello, a saber; el caso es que no les sirvió de nada jurar y perjurar que eran modistas. Las subieron a un camión, se las llevaron a las cocheras de los tranvías y allí las fusilaron. Al oír esta historia y otras similares, mis hermanos y yo acordamos que Rosina tenía que esconderse, así que la llevamos al piso de Marta y Teresa, que estaba vacío desde que habían muerto. Recuerdo que pasé unos cuantos días allí con ella y que, pese a la oposición de Claudi y Frederic, regresé sola a San Salvador.

La primera parte del trayecto la hice en tren. Fue un viaje extraño. Todo el mundo parecía tener miedo; los pasajeros nos mirábamos con temor, recelosos, asustados los unos de los otros. En la estación de destino me esperaba un coche, el mismo que había alquilado tantas veces, con el mismo chófer, Agustí, una persona afable, un hombre en quien se podía confiar.

—Han quemado la iglesia. Pero no han sido los de aquí, se ve que son de Vilanova.

Agustí me iba diciendo y contando las cosas que habían pasado aquellos primeros días en el pueblo y en los chalets de la playa. Yo lo dejaba hablar, pero con cada palabra suya me iba poniendo más y más nerviosa. Ya debíamos de estar a pocos kilómetros de casa cuando vi a dos niños que corrían como si los persiguieran.

—Pare —le pedí—, quizá necesitan ayuda.

Él me hizo caso. Adelantó a las criaturas, paró el coche y los dos salimos a la carretera. Eran un niño y una niña, no tenían más de diez años.

—¿Estáis bien? —les pregunté.

—Se está muriendo. —Respiraban con dificultad, cansados de correr bajo el sol.

—¿Quién se está muriendo? ¿Qué ha pasado? —preguntamos.

—Un hermano del sanatorio —dijo el niño—. Le han disparado, pero aún está vivo.

—Nos ha pedido agua y no tenemos. —La niña sollozaba sin parar.

—Vamos. —El niño le tiró del brazo y siguieron corriendo—. Vamos a buscar a padre.

—Esperad, chiquillos, venid y os llevo en el coche —se ofreció Agustí, pero ellos no contestaron.

—¿Dónde está el hermano? —les pregunté yo a gritos, corriendo tras ellos—. ¿Dónde lo habéis visto? ¿Dónde está?

—¡En las viñas, cerca del tejar! —gritó la niña.

Regresé al coche.

—Dé la vuelta, vamos a buscarlo.

El chófer soltó todos los reniegos del mundo, pero al final giró el volante, cambió de sentido y me llevó a donde los niños habían visto al herido. Dejamos el coche en la carretera y recorrimos a pie el camino de tierra que llevaba a los viñedos. Lo encontramos enseguida: era el hermano Fernando. Me arrodillé a su lado. Tenía una herida de bala en la ingle y se estaba desangrando.

—Señora Capdevila... —murmuró con una sonrisa.

Yo quería llevármelo a casa, esconderlo, buscar a un médico y salvarle la vida; no me daba cuenta de que mi propósito era imposible. Le imploré al chófer que me ayudara, pero el hombre se negó.

—¿Es que no ve que no hay nada que hacer?

—No pienso abandonarlo, no podemos dejarlo solo.

Él dio media vuelta e hizo ademán de marcharse.

—¿Adónde va? ¿Ahora me deja?

—Alguien tiene que vigilar el coche, me cago en todo.

Agustí se fue, pero yo no quería rendirme.

—¡Ayuda! —gritaba mientras intentaba taponarle la herida, primero con las manos y después con un pedazo del vestido—. ¡Ayudadme! —grité una y otra vez.

No sé cuánto tiempo pasó hasta que aparecieron dos hombres. Iban armados con pistolas y fusiles, aunque no me di cuenta hasta que los tuve delante.

—Váyase. No debería estar aquí. —Era una voz cargada de rabia.

—Todavía está vivo, aún podemos salvarlo. —Acababa de vendarle la herida.

Uno de los dos, el que aún no había hablado, cogió el fusil y apuntó al rostro del hermano.

—Este hombre está sentenciado a morir. —Le clavó la punta del cañón en la mejilla. ¿Eran ellos los criminales?

—¡No! —Pobre de mí, me puse de pie para enfrentarme a ellos. No sé ni cómo fui capaz—. ¿Qué daño os ha hecho? Dejadlo en paz, dejad que me lo lleve.

Entonces oí el tiro. Aquella era su respuesta. Un tiro. Le reventó la cabeza como si nada, como quien hace un trabajo que está tan acostumbrado a hacer que es capaz de ejecutarlo a ojos cerrados. Disparó sin vacilar mientras me miraba impasible y yo suplicaba y esperaba una respuesta.

—¿Ahora se irá? —Me amenazaba

—¿Así hacéis la guerra? —murmuré, muerta de miedo. No me atrevía a mirar al hermano, no me atrevía a mirar qué quedaba de su rostro.

«Matar a hombres indefensos no es hacer la guerra», pensé. En el frente, los soldados luchan y matan para poder volver a casa con vida, pero los crímenes de la retaguardia son otra cosa. Los asesinos irrumpen en el mundo del otro con violencia y matan por rencor, por envidia, por venganza o para satisfacer un íntimo deseo de maldad.

—Que se largue, le he dicho. —Me clavó el fusil en el pecho, y di un paso atrás.

—¿Lo enterraréis? —Era una súplica.

—¡Váyase! —Con el arma aún clavada en mi pecho, me fue empujando para que me marchase.

—Padre nuestro, que estás en el cielo... —empecé a rezar mientras me alejaba.

—Pues sí que está loca —dijo el del fusil, quizá con ganas de matarme.

—Para. No dispares, es el ama de llaves del músico.

Cuando llegué a la carretera, descubrí que el chófer me había abandonado. Había dejado mi maleta en el suelo y se había ido. Con la ropa y las manos llenas de sangre, cargada con el equipaje, el miedo y la pena, emprendí el camino hacia casa. Pasaban carros y coches por mi lado, pero nadie paró a ayudarme.

«Y perdonad nuestras ofensas, así como nosotros perdonamos...».

Encontré a tu hermano en la puerta de casa. Al verme con aquella pinta, sucia y aterrorizada, se asustó tanto que no me permitió decirte nada. «Ahora no, así no, Frasquita. Luego, cuando esté más tranquila, ya se lo contará».

Más tarde, de madrugada, nos enteramos de lo que había ocurrido en el sanatorio. Un grupo de hombres y mujeres armados se habían apropiado de él. Según las leyes de la República, los edificios religiosos debían pasar a manos del Estado, y aquellos hombres y mujeres solo querían hacer cumplir la ley. «Cuando llegue el nuevo personal que atenderá a las criaturas, podrán irse», dijeron a los frailes. Les aseguraron que los llevarían a la estación, que podrían coger el tren a Barcelona y que les darían un salvoconducto que les permitiría cruzar la frontera y llegar a Francia. Sin embargo, la amabilidad solo les duró un día. Al siguiente empezaron los insultos y las amenazas. Les dijeron «Aquí todos somos iguales» y los obligaron a quitarse el hábito. Repetían «Dios ya no existe» y les prohibían rezar. Les gritaban: «Se os ha acabado la buena vida, gandules» y los trataban como a esclavos. Y al final, tras una semana de insultos, humillaciones y promesas falsas, los fusilaron en la carretera.

La noticia de la masacre corrió por las casas de la playa y del pueblo, y aquella misma noche un grupo de vecinos se organizó para ir a buscar los cuerpos, quince en total, contando el de nuestro amigo, que se había quedado en las viñas. Los vecinos recogieron los cadáveres, los cargaron en un carro y los dejaron en las puertas del cementerio con la confianza de que, al día siguiente, el enterrador les daría sepultura.

—Si hubiéramos sabido lo que estaba pasando, quizá podríamos haber hecho algo —decías.

El vecino que nos había narrado la matanza lloraba. Tu hermano y su esposa lloraban; yo misma, todavía alterada por la muerte de nuestro amigo y por el miedo, también lloraba. Llorábamos todos menos tú, que parecías el hombre más fuerte sobre la tierra. Sin embargo, de repente empezaste a caminar de un lado a otro de la estancia con pasos nerviosos, sin una dirección concreta; te agarrabas la cabeza como si un dolor inesperado y terrible te impidiera pensar y hablar. Nunca te había visto así. Aporreabas los muebles con los puños y te golpeabas la frente. Tu hermano y yo intentamos tranquilizarte.

—Ven, Pablo —te pedía.

Me apartabas la mano. No me querías.

—La cabeza —decías—. Hay demasiada luz, no lo soporto.

Mientras tu hermano iba a buscar al médico, intenté acercarme a ti de nuevo, pero esta vez tampoco me lo permitiste.

—No, no, dejadme.

Saliste de la sala. Teresina y yo te seguimos. Yo, desesperada, intentando socorrerte; ella, preocupada por mí.

Llegaste a tu dormitorio y te encerraste en él.

—Pablo, Pablo —te llamé mientras golpeaba la puerta.

—Deja que se calme —me dijo Teresina—. Y tú también tienes que calmarte.

Pero ¿cómo?, si aún podía oler la sangre en mis manos.

Como si de pronto hubiéramos retrocedido en el tiempo y volviéramos a vivir la tragedia de aquella funesta semana de principios de siglo, las columnas de fuego ennegrecieron el cielo, y esa vez no fue solo el de Barcelona, esa vez fue el cielo de Cataluña el que se oscureció. Ardían iglesias por todas partes, los llamados «hombres de acción» asesinaban por todas partes. Las buenas personas que habían salido a la calle en defensa de la República no pudieron evitar los crímenes de los que creían que para luchar contra el fascismo había que quemar iglesias, asesinar a monjas y a capellanes, profanar tumbas y hacer escarnio público de los cadáveres ultrajados. Y si los crímenes de la Semana Trágica se sustentaban en la idea de que era necesario transformar la sociedad, los crímenes del inicio de la guerra lo hicieron en la idea de que cualquiera que tuviera una casa, unas tierras o un negocio en propiedad, cualquiera que tuviera joyas, pinturas u otros objetos de valor, cualquiera que tuviera fe y fuera a misa, cualquiera que luciera ropa elegante y sombreros y guantes y zapatos a la moda, era enemigo de la República y debía morir.

Ni tú ni yo éramos enemigos de la República, pero llevábamos en la frente el estigma de nuestra relación con la monarquía. Mi familia había mantenido un trato amable y reverencial con ellos durante años. Los hijos Vidal éramos muchachos y muchachas de buena familia, obedientes, creíamos en lo que creían nuestros padres con tanta fe que solíamos reproducir sus gestos y sus palabras. Vivíamos de espaldas a la política, sobre todo las mujeres. Éramos monárquicos porque teníamos que serlo. Si debíamos arrodillarnos ante la reina, lo hacíamos. Si se producía un atentado contra el rey, lo lamentábamos y rezábamos por él. Cuando padre viajaba a Madrid y se llevaba a mis hermanos, mientras él se entrevistaba con la reina, Frederic y Claudi jugaban con el príncipe, que, si estaba de humor, les permitía tocar sus soldaditos de plomo. La relación de nuestra familia con la familia real nos parecía de lo más natural. Los reyes tenían que ser reyes, y nosotros, súbditos solícitos y agradecidos.

Tu caso era diferente. Tus orígenes humildes y las ideas republicanas que habías respirado desde pequeño te habían convertido en un hombre profundamente compasivo que no comulgaba con la vida de lujo y privilegios de los monarcas. Y, sin embargo, tu vinculación con la casa real iba aún más lejos que la mía. Habías vivido dos años bajo su tutela, estudiando como estudiaban los hijos de los monarcas. El secretario de la reina, un conde apasionado de las artes y en especial de la música, se había encargado personalmente de tu formación con los mismos libros y los mismos métodos con los que se había ocupado de la formación de Alfonso XII. Gracias a una beca de la corona, pudiste estudiar en Bruselas. Para no perderte, la reina te pidió que te quedases en la corte como músico de la capilla real. Tú rechazaste la oferta y, pese al enfado que aquello debió de causarle, años más tarde, cuando volvió a recibirte, te regaló un violonchelo y una esmeralda que incrustaste en el arco. La reina Cristina te adoraba, y tú le estabas absolutamente agradecido. Pero el agradecimiento, aunque sincero, no te impedía cuestionar la monarquía. Yo, en cambio, quizá porque las mujeres debíamos vivir encerradas en el cuarto de los sentimientos, no empecé a cuestionarme ciertas cosas hasta que conocí a Felip.

«¿República o monarquía?». Felip y yo habíamos tenido aquella conversación en más de una ocasión, a solas o con amigos y familiares, también contigo. «Nadie es sagrado —opinaba él—. Está bien que tengan privilegios, porque la historia es la historia y nos ha traído hasta aquí, pero los monarcas no son sagrados, son mujeres y hombres como nosotros, y como nosotros han de rendir cuentas de sus actos». Tú estabas de acuerdo con él. «No hay nada incuestionable», decías.

Respetábamos la monarquía, es cierto, pero muchas de las cosas que hacían los reyes no nos gustaban. No nos gustó, por ejemplo, que Alfonso XIII viniera a Barcelona a decir que se sentía el legítimo sucesor de Felipe V, como tampoco nos gustó saber que la dictadura de 1923 había sido idea suya. Sin embargo, ni nuestra mirada crítica ni nuestro contento al saber que el rey había abandonado el país podía borrar el rastro que la familia real había dejado en nuestras vidas.

—Quémalo todo —te dije. Sabía el dolor que te causaría, pero había que quemarlo todo.

—Son recuerdos. Es mi vida.

—Eso es lo malo.

Había que quemarlo todo, cualquier documento que pudiera interpretarse como una muestra de tu amor por la monarquía tenía que desaparecer. Daba igual que te hubieras declarado republicano y de izquierdas, si uno de aquellos papeles llegaba a manos de los violentos, pasarías a ser el más tenaz de los monárquicos, tu vida estaría en peligro y también la de tu familia. Cartas de la reina, cartas de tu tutor, fotografías tuyas con el pequeño príncipe, un retrato dedicado por la infanta Isabel... Todo se lo llevaron las llamas.

Durante los años de guerra no paraste de viajar. Primero la gira de Sudamérica, luego Londres, Ámsterdam, Viena, Budapest, Zúrich, el norte de África... Mientras tanto, yo te esperaba, te escribía a diario y te decía lo ansiosa que estaba por volver a verte.

Un día sin verte parecía un año, una noche sin tenerte, un siglo.

A veces me pedías que me reuniera contigo. «Encontrémonos en Praga», me decías. «El miércoles estaré en París. ¿Vendrás?». «Estaré en Ginebra, ven si puedes». Y yo lo dejaba todo, hacía las maletas y echaba a correr. *«Suis près de vous»*. Te mandaba un telegrama y siempre, como un ritual, te escribía aquellas cuatro palabras, nuestra consigna, nuestra manera de decir que nos amábamos. *«Suis près de vous».*

El mismo general fascista que amenazó con cortarte los brazos proclamó a los cuatro vientos su deseo de convertir Barcelona en un solar. Estuvieron a punto de conseguirlo: en marzo del 38 vivimos tres días de bombardeos salvajes. Murieron cientos de personas, y decir que murieron es quedarse corto. Entre las ruinas, al lado de una silla que había quedado intacta de milagro, encontraron la cabeza de una criatura. Dos amigos contaron que, al intentar levantar a una mujer herida del suelo, uno se quedó con las piernas en las manos, y el otro con el resto del cuerpo. Fue entonces cuando aprendimos que las guerras ya no las hacen los soldados que luchan en el campo de batalla, ahora las guerras también consisten en asesinar a civiles y en destruir edificios y ciudades enteras. Quizá aquellos hombres que nos lanzaban bombas se creían de una raza superior, quizá creían que sus vidas valían más que las nuestras o, aún peor, quizá no pensaban ni creían en nada.

El 38 fue también el año de tu último concierto en el Liceu. A media mañana, durante los ensayos, todavía nos estaban bombardeando. Al día siguiente volvieron a hacerlo. Y al siguiente, otra vez. Bombardearon el puerto y las calles del barrio viejo; una escuela voló por los aires. Parecía que las bombas no se terminarían nunca. La guerra estaba perdida, y la gente había empezado a marcharse. Todo el mundo te aconsejaba que abandonaras el país.

—Me instalaré en Prades —me dijiste—. Me gustaría que vinieras conmigo, pero si quieres quedarte con tu familia, lo entenderé.

Ya habíamos estado en Prades. Desde el inicio del conflicto, habíamos ido para algunas estancias breves, pero la que se imponía en ese momento era larga e imprecisa: el plan del viaje no preveía una fecha de vuelta. Me vi abocada al abismo. Marcharme contigo significaba dejarlo todo. Quedarme significaba perderte. Y si me iba contigo, ¿cómo viviríamos? ¿Dónde? ¿Nos instalaríamos indefinidamente en el mismo hotel de siempre, reservaríamos habitaciones separadas y seguiríamos fingiendo que no nos conocíamos? ¿Cómo se lo explicaría a mis hermanos? «Ayudaré a Pablo a...». ¿A qué? Estaba cansada de mentiras. Si decidía marcharme, mis hermanos tenían que saber la verdad. Había llegado el momento de sincerarme con ellos, de decirles en voz alta lo que sentía por ti y poner punto final a la pantomima.

Ellos ya lo sabían, por supuesto que lo sabían, lo sabían como lo sabía todo el mundo, pero, como todo el mundo, fingían no saberlo. Y yo ignoraba hasta qué punto les importaba mi comportamiento, no sabía si se avergonzaban de mí o me comprendían. Antes de tomar una decisión, quería asegurarme de que no perdería su afecto.

Los chicos, Frederic y Claudi, ambos casados y padres de familia, comprendieron mis motivos y me animaron a seguirte; no insinuaron siquiera un reproche. Después de hablar con ellos, fui a ver a Rosina, que continuaba encerrada en el piso de mis hermanas. Temía disgustarla. Rosina, devota y piadosa, por fuerza debía considerar que la convivencia íntima y de tantos años entre una viuda y un hombre casado era impropia de una mujer decente y de nuestra clase. Además, su experiencia, el hecho de haber sufrido el engaño por parte del hombre con el que iba a casarse, la situaba más cerca de Susan, la esposa traicionada, que de mí, la amiga traidora.

—Pero ¿cuándo empezó? —me preguntó.

—Hace tiempo. ¿Te acuerdas de aquel día de tormenta, en el sanatorio?

—¿Tanto tiempo?

—Sí.

—Bueno —dijo—. Sí. Es natural. Tú siempre lo has amado. —Hablaba en susurros, como si reflexionase. Después, tras unos minutos de silencio, concluyó—: No creo que debas sentirte culpable, Frasquita. Tú no has estropeado nada, ese matrimonio nació herido de muerte.

—¿Y entiendes que me vaya con él?

—¿Qué otra cosa vas a hacer? ¿Entrar en un convento? Eso sí que no te lo aconsejo, son malos tiempos para las monjas. —Las dos nos reímos.

Imagino que la tolerancia y la comprensión de mis hermanos tenía algo que ver con los dramas que habíamos vivido de jóvenes. A base de golpes, habíamos aprendido que las formas y las convenciones sociales a menudo nos anulan, se convierten en nuestra cárcel o en nuestra tumba.

La decisión estaba tomada.

Tú ya te habías ido, yo te seguí unos días después. Me acompañó Frederic.

—¿No te llevas el violonchelo? —me preguntó mientras cargábamos el coche.

—¿Lo cojo? —Los nervios no me dejaban pensar.

—Igual te va bien tenerlo.

Cargué el violonchelo y me encaminé hacia una nueva vida.

Mientras escribo, aprendo de nuevo palabras que tenía olvidadas. Palabras que dormían en algún rincón de mis pensamientos se despiertan poco a poco y vienen a mi encuentro. Las pienso y las siento nuevas. Las cojo y las vuelco sobre el papel. Inclemencia, aversión, ferocidad, desprecio, palabras que se desvelan con el recuerdo de los campos.

La inclemencia del tiempo y de los corazones, el desprecio hacia los demás, los que sufren, los que van sucios, los que lo han perdido todo, la guerra y la fe, la guerra y la esperanza, la guerra y el fuego del hogar.

La ferocidad de los que abren las fronteras, de los políticos que gobiernan, de los gendarmes y los soldados senegaleses, que dejan entrar a los vencidos porque no quieren un cementerio en la puerta de casa.

La aversión por la miseria de los que hoy van descalzos porque ayer recorrieron a pie kilómetros de tierra ensangrentada.

Son tantas las palabras que se me despiertan y aún no me bastan para describir lo que vimos en los campos de refugiados... Argelès, Rivesaltes, Setfonds, el Voló, Barcarès, Adge, Saint Cyprien... No sé explicar lo que sentimos al entrar; fue muy extraño, porque era como sentir que ellos éramos nosotros. Nos dolía su soledad, sufríamos con ellos el frío y el hambre, y teníamos, sobre todo, la obligación de ayudarlos.

En el Grand Hotel de Prades convertimos en oficina una de nuestras habitaciones. Allí nos llegaban las peticiones de los refugiados. «Necesitamos leche para los niños». «Nos hacen falta mantas y ropa de abrigo». «¿Me ayudaría a encontrar a mi madre? No sé en qué campo la han encerrado». «Necesitamos medicamentos, todos los niños están enfermos». «Vamos perdiendo día tras día». «Nos tratan como a prisioneros». «No tenemos ni una peseta. Nos lo quitaron todo en el primer registro».

Desde aquella oficina improvisada, también salían nuestras súplicas. Escribíamos a tus amigos, a músicos, admiradores, directores de orquesta, aristócratas, autoridades, personalidades de la política y la cultura, instituciones y organizaciones internacionales, a todo aquel que nos parecía que nos podía ayudar. Después, cuando nos llegaban la ropa, las latas y la leche, alquilábamos un camión, lo cargábamos con todo lo recibido, volvíamos a los campos y lo repartíamos. Repartías también el dinero que tenías en Francia entre los prisioneros de los campos franceses, las madres de Elna, los escritores refugiados en el castillo de Roissy-en-Brie y las asociaciones benéficas. No teníamos tiempo para nada más. Ni piano ni violonchelo. La vida de los refugiados era más importante que la nuestra.

Revolviendo entre papeles, he encontrado la carta de Rosa. Que después me acuerde de dejarla con las otras, debemos procurar que no se pierda ninguna de estas cartas.

Señor maestro Casals, me ha dicho una mujer de aquí que ayer vino usted a visitar la maternidad. La señora Elisabeth no pudo atenderlo porque estaba conmigo y yo estaba pariendo. Todo ha salido bien, he tenido un niño. La señora Elisabeth es una santa. Nos sacó de la playa y nos trajo aquí porque los niños que nacen en la playa se mueren enseguida. Mi hijo se llama Blai; le he puesto el nombre de mi marido. No lo habíamos decidido, pero sé que a él le hará ilusión. Yo me llamo Rosa. Algunas mujeres me han dicho que usted les ha enviado trescientas pesetas y también me han dicho que, si le escribo y le explico mi caso, también me las dará. Pero yo no quiero pedirle dinero.

Mi marido todavía está en el campo y, ahora que ha nacido el niño, no tardarán en llevarme a mí también. A las mujeres nos dejan salir para parir, pero después nos vuelven a encerrar con las criaturas. No sé qué será de nosotros si volvemos a la playa. No quiero que mi hijo se ponga enfermo y se muera. Quiero que viva y que tenga la mejor vida posible, aunque tenga que vivir aquí siempre y su lengua sea otra, porque, si eso pasa, yo le cantaré y le hablaré siempre en la nuestra.

Sé que los hombres que encuentran trabajo salen del campo y que entonces se pueden llevar a sus mujeres y a sus hijos a vivir con ellos, y he pensado que, si es verdad que usted es tan bueno y ayuda tanto a los refugiados, quizá también nos ayude a nosotros. ¿Podría buscarle un trabajo? Blai sabe hacer de payés y de pintor, y también sabe hacer pan y pasteles; ese es el trabajo que más le gusta, pero puede hacer cualquier cosa, cualquier trabajo es bueno si tienes ganas de hacerlo y lo necesitas.

¿Te acuerdas de Rosa? Primero le hicimos llegar las trescientas pesetas y luego buscamos un trabajo para su marido. No fue fácil, pero al final resultó que nuestro amigo médico conocía a un payés de Vilafranca que necesitaba a un jornalero. Fuimos a verlo los tres.

—De momento, un plato en la mesa y una cama caliente, eso es lo único que puedo ofrecer —nos dijo.

—¿Tiene sitio para su esposa y su hijo? —recuerdo que le pregunté.

—Prefiero a un hombre solo.

—Pero es que no está solo —insististe tú—. Tiene mujer y un hijo recién nacido.

—Si es así, no puedo ayudarlo.

—¿Por qué no? ¿Qué diferencia hay? —me quejé.

—No quiero criaturas en casa. Ni criaturas ni mujeres.

—Las criaturas son las que más sufren —dijiste tú—, las que más ayuda necesitan.

—No vayas a decirme ahora que nos has hecho venir hasta aquí para nada —le reprochó el doctor.

—Las mujeres siempre traen problemas.

—¿Es que no te duele lo que está pasando? —dijo nuestro amigo—. ¿No te avergüenza?

Se avergonzaba, sí, igual que algunos políticos, parte de la prensa y algunos poetas franceses. La vergüenza se extendía por Francia, pero al mismo tiempo se extendía también el rumor de que los españoles no éramos de fiar, de que éramos ignorantes, extranjeros peligrosos, el demonio.

—Vámonos, pues —decidiste—. Tenemos demasiado trabajo, no me quiero quedar aquí perdiendo el tiempo.

—Lo siento —se lamentó el payés.

—¿Y de qué nos sirven las palabras? —le acusaste.

Ya estábamos fuera cuando el hombre vino a buscarnos. Movido por una compasión repentina, cambió de idea y accedió a contratar a Blai.

—Está bien, que vengan —dijo con la boca pequeña. No podía disimular su desconfianza.

Hicimos los trámites necesarios. Blai no tardó en empezar a trabajar y pudo reunir a su familia.

—Usted es como la señora Elisabeth —te dijo Rosa el día que la conocimos—. También es un santo. Si en el mundo hubiera más personas como ustedes, no habría tanta maldad.

Los dos primeros años, mientras vivimos en la zona libre, fue todo bien. Rosa y Blai tuvieron una vida plácida, una vida afortunada si la comparaban con las vidas de otros refugiados. Después, cuando los nazis se instalaron en Prades y las denuncias entre vecinos se convirtieron en el pan de cada día, todo cambió. No hemos sabido nunca quién denunció a Blai ni por qué lo hizo. Da igual. Fuera cual fuese el delito o el crimen cometido, todo el mundo sospechaba de los refugiados. Si a un payés le robaban las gallinas, el culpable había sido uno de aquellos refugiados muertos de hambre. Si una patrulla alemana sufría una emboscada, los responsables eran los españoles que habían pasado a formar parte de la resistencia. Las denuncias anónimas se amontonaban sobre la mesa del oficial de la Gestapo, y en uno de aquellos papeles apareció el nombre de Blai. Dos milicianos lo detuvieron de madrugada y, tras el interrogatorio y las torturas, lo trasladaron a Compiègne. No iba solo, sino con otros detenidos, y todos menos él formaban parte de la resistencia armada. Durante el trayecto, un grupo de partisanos asaltó el convoy. Dos de los detenidos perdieron la vida; el resto logró huir. Blai huyó con ellos y se unió a la lucha.

Cuando la guerra terminó y Blai volvió a Vilafranca, su mujer ya no estaba allí. Después del asalto al convoy, también detuvieron a Rosa. De Prades la llevaron a Limoges, de la cárcel de Limoges a la de Compiègne y de Compiègne al campo de concentración de mujeres de Ravensbrück. Todavía esperanzado, Blai fue a buscarla a París, a Suiza, allá adonde pudo ir, a todas las estaciones, todos los hoteles y los sanatorios a los que llegaban los supervivientes o sus sombras. Pero Rosa y su hijo habían muerto en Ravensbrück.

Y fue pasando el tiempo. Blai encontró otro trabajo, esta vez de pastelero, lo que más le gustaba, y a los dos nos pareció que empezaba a vivir de nuevo.

Una tarde me paró por la calle.

—Señora Capdevila, hace días que pienso en ustedes. Quería ir a verlos.

—Ven cuando quieras, la puerta está abierta, ya lo sabes.

—Sí.

—¿Cómo estás? ¿Cómo te va? —le pregunté.

—Bien. Trabajo y estoy tranquilo. Estoy bien, voy tirando.

—Si necesitas cualquier cosa, nos lo dices y te ayudaremos en todo lo que podamos.

—¿Le gustan los brioches? —Llevaba una bolsa de pan y brioches, y me la colgó de la mano.

—No hace falta, Blai, de verdad que no.

—Sí, sí, son para ustedes, hágame el favor —insistió—. No sé si alguna vez les he dado las gracias por todo lo que hicieron por nosotros.

—Mil veces, pero no tienes nada que agradecernos. Ojalá hubiéramos podido hacer más. Nos habría gustado.

—Sí, ya lo sé. Gracias por todo, señora Capdevila —repitió—. Y muchos recuerdos al maestro.

Y entonces sonrió. Era la primera vez que lo veía sonreír desde que había perdido a su familia. Aquello me reconfortó. «Dios va poniendo remedio», pensé. Ahora sé que aquella sonrisa era la despedida, el punto final de la historia. Al día siguiente, Blai se quitó la vida.

Hemos ayudado a centenares de personas desde que descubrimos los campos, pero a veces, por más que hagas, no puedes ayudar a los demás. El mal tiene demasiados aliados y se extiende deprisa.

Los cuatro años de guerra en Francia son una maraña de imágenes difíciles de discernir. Me gusta pensar en los refugiados a los que hemos ayudado, en los días que tus sobrinos vivieron con nosotros, en tus conciertos solidarios o en la emoción de la primera vez que tocaste *El cant dels ocells*. Sin embargo, me entristece pensar en tus depresiones, en las disputas estériles con los compañeros de exilio, en las horas ante la ventana, unas veces buscando consuelo en la idea de que, en casa, la familia y los amigos miraban al mismo cielo que mirábamos nosotros; otras, mirando el cielo pero imaginando que veíamos el mar.

Las cartas se nos hicieron imprescindibles desde el primer día. No ya las relacionadas con los refugiados o con la ayuda que nos llegaba de fuera, sino las de nuestros hermanos, con las fotografías de los niños y las noticias de lo que ocurría en casa. Esperábamos ansiosos el correo y, si las cartas tardaban demasiado, sufríamos. Alguien debía de estar enfermo, alguien debía de haber muerto; nos poníamos siempre en lo mejor, por supuesto. De no haber sido por las cartas de Frederic no sé cómo habría soportado tanta locura. «Volveré pronto —escribía a mis sobrinos—. Y, cuando vuelva, os llevaré al teatro, a ver buenos conciertos y cosas bonitas e instructivas». Tanto tiempo sin poder darles ni una muestra de afecto me pesaba.

Sufríamos las mismas privaciones que todos. Pasamos de tenerlo todo a no tener más que frío y hambre. Una patata para comer y quizá media para cenar. Y al día siguiente, el mismo plato. Caminaba kilómetros y más kilómetros para ir a por cuatro huevos y un poco de carne. Arrastraba una carretilla con doscientos y trescientos kilos de leña. Hice trabajos que jamás me habría imaginado capaz de hacer y que, si pienso en la edad que tengo, me parece casi un milagro haber podido realizarlos Me quedé sin zapatos de tanto caminar. Los que tenía los cosí, los recosí y los volví a coser hasta que ya no pude coserlos más. Yo, la más presumida de las hermanas Vidal, enamorada de la moda, el calzado, los guantes y los vestidos, fui prácticamente descalza hasta que Frederic me mandó un par de zapatos nuevos desde Barcelona.

En Navidad nunca dejamos de montar el pesebre. Tenemos uno muy pequeño, tres figuritas y un puñado de piedras y hojarasca que yo misma cojo de los caminos. Recuerdo que un año, justo después de las fiestas, tu hermano Enric nos hizo una visita sorpresa. Había viajado de Barcelona a Puigcerdá en tren, y de Puigcerdá a Prades, a pie por caminos clandestinos de montaña con la ayuda de un pasador. Gracias a su visita, nos enteramos de algunas cosas que estaban ocurriendo en Barcelona, cosas de esas que no se pueden explicar por carta. A mi hermano Frederic lo habían detenido y lo habían tenido en la cárcel durante meses, acusado de espionaje. El único crimen que había cometido era enviar a Londres cuatro fotos de los barcos alemanes que llegaban al puerto de Barcelona. Por suerte, la sombra de padre aún era alargada y un militar amigo de la familia consiguió que lo pusieran en libertad. Enric también nos contó que había visto el Palau de la Música adornado con esvásticas.

Cuando los nazis ocuparon lo que se llamaba la «zona libre» y la Gestapo se instaló en Prades, todo se hizo un poco más difícil. Empezaron las denuncias anónimas, los registros y las detenciones. Algunos vecinos de Prades con los que siempre habíamos tenido una relación cordial dejaron de saludarnos. Todo el mundo se sentía observado. Todo el mundo tenía miedo. Casi a diario, yo salía de casa empujando un viejo cochecito de bebé, ilusionada con la idea de llenarlo de viandas y cosas buenas. Caminaba sin parar, visitaba mercados, almacenes y granjas, pero a menudo volvía a casa con el cochecito vacío. Si antes de la ocupación ya resultaba difícil encontrar un par de huevos, a partir de aquel momento fue casi imposible. Los alemanes se lo quedaban todo.

En el verano del 44, unos doscientos hombres de los maquis del Canigó ocuparon Prades. Buscaban venganza por la muerte de un compañero. Asaltaron la gendarmería y la casa de la Gestapo. Desde casa oíamos los tiros y los gritos, nos llegaba el olor del fuego. La pesadilla duró tres horas. Dos días después, alemanes y milicianos llevaron a cabo su venganza y masacraron Valmanya. Todo el mundo sabía que aquel pueblo apoyaba a los maquis y que allí se escondían muchos miembros de la resistencia. Temerosa del castigo, la población de Valmanya huyó a las montañas. Los de la resistencia tuvieron que enfrentarse a un ejército de casi quinientos hombres, soldados de las SS, milicias francesas y soldados alemanes de montaña. El combate duró tres días, hasta que los de la resistencia, al ver que no tenían nada que ganar, se retiraron. Entonces los alemanes y sus aliados entraron en el pueblo. Todos aquellos que no habían querido marcharse, pensando que no les pasaría nada porque no tenían nada que ver con el asalto a Prades, fueron fusilados en el acto. Doce hombres violaron a una joven embarazada a la que no le había dado tiempo a huir. El ganado y los animales domésticos fueron exterminados; los tesoros de las bodegas, repartidos entre las tropas; las casas, incendiadas una a una. Y no terminó ahí: la lucha todavía continuó en las montañas...

Desde la ventana, de madrugada, pocos días después de aquel desastre, vi una caravana de convoyes alemanes que salían de Prades.

—Creo que se van. —Te desperté para que lo vieras.

—No puede ser. ¿Se ha acabado?

Prades fue liberada aquella misma noche. Los alemanes habían recibido la orden de replegarse para hacer frente a la ofensiva de los americanos, que ya habían desembarcado. Entonces empezó la depuración, tan vil y miserable como la guerra. Luego llegó el invierno más cruel que hemos vivido nunca. Y justo después terminó la guerra.

> Tienen las almas muertas y la música los em-
> puja, como el viento a las hojas secas, y es un
> sustituto de su voluntad.

PRIMO LEVI, *Si esto es un hombre*

Abrazar a mi hermana pequeña después de tantos años de guerra fue como abrazar a padre y a madre a un tiempo, como abrazar a mis hermanos, los vivos y los muertos, todos a la vez. Y estoy segura de que Rosina sintió lo mismo, porque ni ella ni yo podíamos parar de reír, de llorar y de tocarnos. El abrazo nos convirtió en niñas pequeñas y nos llevó a casa con nuestra madre, a los tiempos en los que vivíamos seguras y protegidas de todos los males.

—Te veo muy bien —me dijo Rosina en cuanto pudimos hablar—. Aún te mantienes joven.

—Venga, va —le respondí entre risas—. Ya sé que soy vieja, que no te dé miedo decírmelo.

Enseguida nos pusimos a hablar de la familia, de las noticias que teníamos de nuestros hermanos, Mercè, Frederic y Claudi. Le conté lo mucho que habíamos sufrido por ella durante los bombardeos de París. Recordamos las trifulcas de padre y de madre, pensamos en Lluïsa, Marta y Teresa, hablamos de Júlia, que no hacía ni tres años que había muerto, y de la pobre Maria, cuyas cartas y versos tanto añorábamos.

No sé qué diría mi hermana Maria de estas páginas que escribo. «Eres una artista, Francesca —opinaría, tal vez—. Tocabas el chelo como los ángeles y ahora quieres hacer lo mismo con las palabras». Sí, diría eso y me animaría a seguir escribiendo aunque mis textos no le gustasen. Mira, ahora me parece oírla: «¿Y qué esperabas? Tolstói solo hay uno». Eso me dice.

Mientras Rosina y yo hablábamos, tú estabas en Londres.

Hitler murió en abril, Berlín se rindió en mayo y a finales del mes de junio ya volviste a los escenarios. Yo preferí quedarme con Rosina en el orfanato de Neuilly.

—¿Cómo es que no lo has acompañado? ¿Es que Dios todavía no le arregla las cosas?

—No. Parece que no tiene prisa.

—Si de mí dependiera, ya haría tiempo que se las habría arreglado. Y a mi gusto. —Me hizo reír. Rosina tiene una forma de decir las cosas que siempre me hace reír.

En Londres, tu mujer y tú teníais amigos en común, amigos de otra época, de los días en los que ella cantaba y tú la acompañabas al piano. ¿Y si nos veían juntos? ¿Y si aquellos viejos amigos confirmaban las sospechas de que tenías otra mujer pese a seguir casado con Susan? Habríamos fingido, claro; yo me habría comportado con discreción, como una acompañante necesaria o una secretaria, pero los ojos me habrían delatado.

—No me hagas hablar, Rosina. Me siento mal cuando pienso en ello.

—Pues ya está, no lo pensemos más. Bastante angustia pasamos y bastantes problemas tenemos. Estate tranquila. —Y entonces repitió la frase de madre—: Dios lo remedia todo.

La última vez que vi a Susan fue en el año 27, en primavera. Recuerdo la fecha porque era el Año Beethoven, y ella también participó en los conciertos de celebración del Liceu. Cantó seis canciones de Beethoven, y tú la acompañaste al piano. No sé si todo el mundo sintió lo mismo que yo durante vuestra actuación, la frialdad, el vacío que había entre vosotros. A pesar de todo, tras los conciertos pasasteis unos días de descanso en San Salvador. Susan y yo no éramos amigas, pero sé que mi compañía la ayudaba a soportar mejor la soledad que le debilitaba el corazón cuando estaba lejos de los suyos. Conversábamos sobre cualquier cosa, íbamos de excursión, cantábamos y, excepto en los ratos que pasaba jugando con los críos, no sé si la vi sonreír alguna vez.

—Pronto hará trece años que nos casamos —me dijo la última tarde.

Regresábamos a casa después de un largo paseo, deshaciendo el camino sobre la arena.

—¿Trece ya?

—En realidad, entre las giras y los veranos que hemos pasado separados, tal vez no hayamos vivido juntos ni cuatro años.

—¿Por qué nunca lo acompaña? —Tu madre me había contado que siempre ibas de gira solo; esa era otra de las causas que tenía abiertas contra Susan. Discúlpame por hablar de tu madre. Cuando pienso en Susan, me acuerdo también de ella. Las dos figuras se me aparecen siempre juntas.

—A veces sí lo acompaño. Él me querría siempre a su lado, pero las giras se hacen tan pesadas...

—Lo imagino —mentí. En realidad me imaginaba todo lo contrario, imaginaba la inquietud estimulante del viaje, de observarte y esperar durante los ensayos, de prepararte la ropa del concierto; imaginaba calmar tus nervios antes de la actuación, abrazarte y notar tu corazón sobre el mío después del concierto.

Se detuvo. Estábamos a pocos metros de casa.

—Yo también estoy cansada. —Pensé que debía de necesitar un momento para reponerse y coger aire. Llevábamos rato caminando.

—¿Y si volvemos atrás? No quiero llegar a casa todavía.

—Pero nos están esperando, si tardamos mucho se preocuparán.

La tarde caía ante nosotras; la oscuridad se acercaba poquito a poco.

—Tiene razón, sí. —Y reanudó la marcha.

—Ya estamos cerca, enseguida descansaremos.

—Durante los años de la Gran Guerra, vivíamos en hoteles —dijo ella entonces—. Después, en el apartamento de mi hermano. Ahora tenemos uno propio en Nueva York, pero todavía no hemos encontrado el momento de instalarnos. Parece que la única casa que quiera tener sea esta de aquí. —Y, tras un breve silencio, aún añadió—: Si tuviéramos hijos quizá sería diferente, pero no ha podido ser.

—A mí también me pesa no haberlos tenido. —Quise corresponder a su confianza.

—Nosotros hemos estado cerca dos veces, supongo que Pablo ya se lo habrá contado.

—No, nunca hablamos de asuntos personales.

—¿Sabe qué, Frasquita? La envidio.

—¿A mí? —Qué tontería, pobre de mí, mujer incompleta, que había renunciado a mi carrera para formar una familia y no había conseguido ni una cosa ni la otra.

—La señora Pilar la adora, los niños la adoran, y Pablo la necesita tanto...

¿Era un reproche? ¿Había descubierto lo que sentía por ti? ¿Lo intuía? Y si era así, ¿por qué? ¿Cómo lo había sabido?

¿Qué había hecho yo, qué había dicho, cómo te había mirado, en qué me había equivocado, qué gesto, qué palabra me había delatado?

La culpa, siempre la culpa.

—Nuestras familias se conocen desde hace muchos años —intenté justificarme—. Pablo y yo somos amigos de siempre...

—En esta casa me ahogo. En cambio, usted no se movería de aquí, ¿verdad?

—Es mi casa. Felip y yo ocupamos la casita cuando el maestro...

—Sí, sí, ya lo sé. No sé ni por qué lo he dicho, no me lo tenga en cuenta. Discúlpeme, usted siempre ha sido amable conmigo, y ahora yo la molesto con mis manías.

—No me molesta, de verdad que no.

Nos miramos un instante. Ella tenía los ojos vidriosos.

—Vamos —me dijo—. Aquí fuera también me falta el aire.

Al día siguiente de aquel paseo, cuando me reuní con vosotros, Susan ya se había ido. No hemos vuelto a verla.

Resultaría fácil pensar que la directora de un orfanato se pasa la mayor parte del día entre papeles y llamadas, procurando todo aquello que se necesita para alimentar y vestir a las criaturas, pero eso no era lo único que hacía Rosina en Neuilly. Estaba siempre cerca de los niños, dispuesta a atenderlos a cualquier hora del día y de la noche.

«Y no me canso —me decía—. Estos niños me dan la vida».

Se sabía los nombres y las historias de todos ellos. Conocía sus habilidades y sus puntos débiles, qué juegos preferían, qué pesadillas los atormentaban. Solo había un muchacho de quien no sabía nada. Se llamaba Rafel y tenía veinte años recién cumplidos, pero parecía mucho mayor. Si mi hermana no me hubiese dicho su edad, habría jurado que se acercaba ya a los treinta. Tenía los ojos grandes y negros; las pestañas, largas y tan oscuras como su mirada. Rosina creía que escondía un secreto, algo que lo hacía sufrir. «No encontrará ni un ápice de paz hasta que no hable de ello y lo deje ir», decía.

En realidad Rafel ya no vivía en el hospicio. Hacía poco que había encontrado un trabajo en una tienda de ultramarinos y ganaba suficiente para pagarse una habitación. Aun así, mi hermana, que sentía un afecto especial por él, lo dejaba entrar y salir del orfanato siempre que quisiera.

—Me da lástima —me confesó Rosina—. Dice que su padre murió en el frente, pero no es verdad.

—¿Cómo lo sabes?

—Su madre vino hace unos días. Me contó que a su marido lo ejecutaron los del otro bando. Él sabía que lo buscaban y se había escondido, pero según parece alguien lo delató. Ella cree que fue Rafel, entonces solo tenía catorce años. Su madre piensa que lo torturaron hasta que habló y les dijo dónde se escondía su padre, pero a saber...

—No lo entiendo. ¿Por qué no está con ella?

—No la quiere, no quiere saber nada de su madre. Por eso lo dejo venir; hasta ahora esto ha sido su casa. Si nos pierde también a nosotros, no le quedará nada...

Rafel estaba agradecido con las monjas, pero no creía en Dios porque los comunistas, decía, no creen en Dios y él era tan comunista como su padre. A menudo conversaba con Rosina sobre la idea de Dios, sobre la necesidad o los beneficios de tener fe o de no tenerla. Cuando mi hermana me lo presentó, me saludó con deferencia. Me dijo que su padre te había visto tocar en el Liceu; sabía que los ingleses grabarían tu concierto y lo emitirían más tarde para los exiliados y esperaba con ansias el momento de escucharte.

También yo esperaba el concierto. Mientras tanto, y pese a las alegrías del reencuentro familiar, en Neuilly pasé unas noches terribles de insomnio. Cuando cerraba la puerta del dormitorio, pensaba en ti y en los días previos al viaje. Habías estado muy inquieto. No te concentrabas, perdiste el apetito, te asediaban las pesadillas y el miedo a salir al escenario y no ser capaz ni de tocar la primera nota, te despertabas de madrugada y yo tenía que calmarte. ¿Y si la pesadilla se repetía en Londres? No me lo quitaba de la cabeza. Te imaginaba solo en la habitación del hotel y no soportaba estar lejos de ti. Quería cogerte de las manos, acariciarte, me torturaba no poder hacerlo.

En el despacho de Rosina, Rafel, mi hermana y yo nos sentamos delante de la radio. También había otros niños del orfanato, los más mayorcitos. Ahora lo pienso y los veo sentados en el suelo, tan emocionados e impacientes como nosotras.

—Qué bien, Frasquita —dijo Rosina—. Después de tantos años de ayuno, hoy disfrutaremos del arte como solíamos hacer.

El concierto fue algo magnífico y emocionante. Si era verdad lo que decían en la radio, la sala no podía estar más llena, y fuera, en los pasillos del auditorio y en las calles cercanas, la gente se amontonaba con el deseo de oír alguna nota en fuga. Al acabar, diste un breve discurso. Empezaste con unas palabras de agradecimiento al pueblo británico, pero después, al dirigirte a los exiliados, enmudeciste de golpe. «Amigos...», dijiste, y de repente te callaste.

—¿Qué hace? ¿Qué le pasa? —preguntó Rafel.

—Nada, le ha dado una calada a la pipa —respondió Rosina y, con el aire de un Charlot fumador, llenó de tabaco una pipa invisible y se la llevó a la boca. Los niños se rieron y la imitaron.

Rosina te conoce bien, sabe que la pipa te ayuda cuando estás nervioso. Te habías detenido para buscar las palabras. Quizá las llevases escritas en un papel, pero aún las buscabas, empeñado en hallar la forma perfecta de decirlas. Al cabo de unos segundos volviste a empezar. «Amigos...», repetiste y, entonces sí, entonces pronunciaste unas palabras fáciles y bonitas y anunciaste *El cant dels ocells*.

—Venid, niños —dijo Rosina—, cojámonos bien fuerte

para escuchar esta canción. Cerrad los ojos y pensad en vuestros padres.

Quise coger a Rafel de la mano, pero él, con un gesto brusco y desagradable, se levantó de la silla y se marchó.

—No pasa nada, ya volverá —susurró Rosina.

Me habría gustado retenerlo, que compartiese con nosotros aquel momento de emoción, encontrar la manera de darle un poco de consuelo o que lo hallase él mismo a través de la música. Pero era inútil. Dice Rosina que en la actualidad sigue buscándolo.

—¡Hermana! ¡Hermana! —Oímos los gritos de Rafel desde el patio.

Rosina y yo paseábamos cogidas del brazo. A nuestro alrededor los niños corrían, jugaban y cantaban canciones que hacía mil años que no escuchaba. Las voces de los niños, el sol de verano, que no quemaba, y la compañía de Rosina creaban una agradable ficción de calma. Habría querido que aquel momento durase mil y un días, pero la llegada de Rafel rompió el espejismo de golpe.

—¿Qué ha pasado, Rafel? ¿Qué te ocurre?

—Era verdad. No queríamos creérnoslo y era verdad. —La rabia que llevaba retenida en los ojos se le había desbocado de repente.

Nos puso en las manos la revista de los comunistas franceses. En la portada había una fotografía de un grupo de prisioneros que trabajaban en una cantera. Encima de la imagen, en letras rojas, el anuncio de lo que encontraríamos en el reportaje interior: «Mauthausen, campo del asesinato».

—Es peor de lo que pensábamos.

Sentadas en uno de los bancos del jardín, Rosina y yo empezamos a pasar las páginas. Ya sabíamos algo sobre los campos alemanes, habíamos oído hablar de trabajos forzados y de esclavitud, de camiones fantasma y cámaras de gas, pero lo que había en aquellas páginas superaba los delirios de la imaginación más poderosa.

Leímos que Mauthausen era una prisión inmensa. Kilómetros de muros de seis metros de altura la aislaban de nuestro mundo. La población de los alrededores la llamaba *Totenberg*, la montaña de la muerte.

Leímos que de los siete mil prisioneros rusos que habían entrado en Mauthausen solo habían sobrevivido treinta. De ocho mil prisioneros españoles, mil seiscientos. De tres mil prisioneros checos, solo trescientos. De seiscientos intelectuales, médicos, profesores o abogados, solo habían sobrevivido tres. El reportaje también hablaba de las muertes de miles de prisioneros franceses, polacos e italianos, de miles, miles y miles de judíos asesinados. Y finalmente avisaba de que aquellos números no se correspondían con la realidad, porque había cientos de miles de muertes que no habían quedado registradas en ningún sitio.

También leímos las entrevistas a un grupo de niños deportados.

«A mi padre lo mataron en el campo de Belsen», decía uno.

«A mi madre la metieron en la cámara de gas de Treblinka», explicaba otro.

«Mi padre murió en Lublin. Mi madre y mis hermanas, en Ravensbrück. Ahora estoy solo», decía un tercero.

La reportera que los había entrevistado fantaseaba con el futuro de aquellas criaturas. ¿Qué estudiarían? ¿De qué trabajarían, en qué se convertirían aquellos niños cuando sus cicatrices se hubieran borrado?

¿Borrar las cicatrices? ¿Cómo se borra el recuerdo de una madre asesinada delante de ti? Todavía me lo pregunto.

Continuamos leyendo y miramos las imágenes. Los autores eran los mismos criminales, oficiales nazis con aspiraciones artísticas. Las fotografías de los suicidios forzados —seguro que las recuerdas— las habían tomado con una incomprensible voluntad de perfección estética. Pero ¿qué idea del arte era aquella? ¿Quién podía hallar belleza en la violencia y el crimen?

Nos sorprendió que hubiese una orquesta en el campo, pero la fotografía era clara: un pequeño grupo de músicos prisioneros amenizaba la ejecución de un joven condenado a muerte tras un intento de fuga. El reportaje no decía qué música tocaban, si era música de celebración o si era fúnebre, y menos mal. De haberlo sabido, habríamos odiado aquella música para siempre.

En tus clases, antes de atacar un tema nuevo solías preguntar a tus alumnos por las motivaciones del compositor. ¿De dónde había nacido aquella pieza? ¿Con qué intención? ¿Quería el músico que la había creado celebrar algo? ¿Era una declaración de amor? ¿Un lamento? Sin embargo, ningún compositor habría podido imaginar Mauthausen mientras componía su obra. Fuera cual fuese la música de la orquesta de prisioneros, en el preciso instante en el que los nazis la escogieron, la intención del compositor quedó aniquilada.

La peor imagen de todas, la peor para mí, era una fotografía que daba testimonio del día que todos los prisioneros del campo tuvieron que salir desnudos al patio y quedarse allí de pie, aterrorizados, sin agua ni comida, durante más de veinticuatro horas bajo la mirada vigilante de cientos de soldados armados con metralletas. La imagen me pareció un retrato preciso del mundo que los nazis pretendían crear. Debajo de todo estaban los prisioneros; a su alrededor, los *kapos*. Por encima de los *kapos*, los soldados armados. Por encima de los soldados armados, los oficiales. Y en la cima, arriba del todo, como dioses, los altos cargos, los líderes, los ingenieros de la destrucción. «¿Dónde están los hombres? —recuerdo que pensé—. ¿En cuál de estos estadios hallaríamos una brizna de dignidad humana? ¿En cuál, un atisbo de bondad?».

Sin aquellas imágenes, nadie se habría creído los relatos de los castigos, de los falsos experimentos médicos o del canibalismo de los prisioneros enfermos. Nadie se habría siquiera imaginado las mil y una formas de morir en Mauthausen, las montañas de cadáveres. Ni tú ni yo habríamos creído que un joven a quien han ordenado matar a su padre obedezca la orden, que un padre a quien ordenan matar a su hijo sea capaz de cumplir con el mandato que acaba de recibir. Padre e hijo, animales sin razón, obedientes, domesticados.

—¿Saben cuántos campos como este hay en Europa? —nos preguntó Rafel—. Hagan los cálculos. Los muertos se contarán por millones. ¿Y dónde estaba su Dios mientras sucedía todo esto? —Hablaba con desconsuelo y con rabia, nos acusaba, como si mi hermana y yo hubiéramos formado parte del horror.

Rosina quiso regalarle un gesto de afecto, pero él lo rechazó y se puso de pie para alejarse de nosotras; en aquel momento la presencia de dos viejas devotas se le antojaba insoportable. Y yo pensaba: «Si es que el muchacho tiene razón. ¿Dónde estaba Dios? ¿Dónde está ahora?».

—No podemos perder la fe, Frasquita. —Mi hermana me leyó el pensamiento—. La prueba de Dios son las buenas personas, las buenas personas y las buenas obras. No podemos perder la esperanza.

Asentí con la voluntad de creerla.

La fe también es cuestión de voluntad, y la voluntad nos ayuda a vivir. Pero hay miles de personas que, como Rafel, no sabrán encontrar consuelo en ninguna parte. Personas a las que, por más que pasen los años, nada les devolverá la confianza en el mundo.

Llegaste tan satisfecho de tu gira que pensé en esconderte la revista. No quería que se repitiese el drama del final de nuestra guerra. No quise tenerte quince días encerrado en la oscuridad. Pero ¿qué sentido habría tenido el engaño? ¿No te habrías acabado enterando igual? Pues claro que te habrías enterado, te habrías enterado enseguida; no era algo que se pudiera mantener en secreto.

—Mira esto, Pablo. —Te puse la revista en las manos y me senté a tu lado mientras la leías.

Lloraste de asco y de dolor, y más tarde, tras unas horas de silencio, me dijiste:

—Es bueno que todo esto se cuente, que se sepa de qué es capaz el fascismo.

Creías que, cuanto más se supiese y cuanto antes llegase al mundo toda aquella información, más fácil sería que los aliados decidieran intervenir en España.

—Pronto podremos volver a casa. —Me abrazaste—. Pronto, mi amor, pronto volveremos —decías, y estabas convencido.

Tres meses después, en otoño, durante tu segunda gira británica, se te cayó la venda de los ojos.

—He visto y he oído cosas que no me gustan. —Me habías llamado desde el hotel.

—¿Qué cosas?

—Aquí no hay nadie que se preocupe por nosotros.

Inglaterra debía dirigir la reconstrucción de Europa, y eso pasaba por derrocar al gobierno franquista. Tú y yo no éramos los únicos que lo pensaban; lo creíamos casi todos, los que vivíamos refugiados en Francia, los que vivían en Inglaterra y también los que habían cruzado el océano para ir a Chile, a México o a la República Dominicana. Lo creíamos casi todos, y todos nos equivocábamos.

—No harán nada por nosotros. Ahora quieren ser prácticos.

Las promesas de los británicos se desvanecieron tan pronto como el viento hizo caer las hojas. Los mismos políticos que en verano, durante la campaña electoral, gritaban consignas contra Franco y anunciaban su derrota, en otoño, tras haber llegado al poder, claudicaron ante el fascismo y reconocieron su autoridad.

—¿Te acuerdas del caso Dreyfus?

Me cogiste desprevenida. ¿Qué tenía que ver aquello con la cuestión de la que estábamos hablando? El caso Dreyfus había empezado cuando yo todavía era pequeña, pero todavía coleaba durante la época en que Lluïsa vivió en París. De hecho, trajo cola durante años, y no solo en Francia. Pero ¿qué tenía que ver la historia del oficial judío acusado de alta traición y condenado con pruebas falsas con la actitud de los ingleses hacia todos nosotros, pobres desgraciados destinados a morir en el olvido y el exilio?

—Sí, claro que me acuerdo —te respondí.

—¿Y te acuerdas de Grieg?

Edvard Grieg, el gran pianista, el gran compositor noruego. ¡Cuántas veces Mercedes, Júlia y yo habíamos tocado sus sonatas para padre!

—Sí, claro. —No sabía adónde querías ir a parar.

—Grieg canceló sus conciertos en Francia en señal de protesta, ¿te acuerdas?

Entonces lo entendí.

—Y tú quieres hacer lo mismo.

—Sí.

—Pues hazlo. Sí, hazlo.

Estuviste a punto de suspender la gira, pero al final resististe la tentación y acabaste los conciertos que tenías programados. Te negaste a asistir a las recepciones que habían preparado en tu honor, eso sí, y también rechazaste los reconocimientos y los actos de homenaje. El dinero que te pagaron, mil libras, aún lo recuerdo, lo donaste casi todo a una asociación benéfica. Y, justo antes de emprender el viaje de vuelta, hiciste pública tu decisión: cancelabas la gira de la primavera siguiente. Y aún más, mientras Inglaterra siguiera reconociendo la dictadura franquista, no volverías a poner un pie allí. Hiciste bien. Si no hacían nada por nosotros, al menos pasarían un poco de vergüenza. Tu decisión los ponía en evidencia y recordaba, tanto a los ingleses como al mundo, que el fin de la guerra no había significado el fin del fascismo, que el fascismo, en nuestra tierra, continuaba en buena forma, tan buena que hoy sigue vivo.

A Suiza sí que te acompañé. El país también era neutral en las guerras del amor.

Estábamos en Zúrich, la última parada de tu gira, cuando recibiste la invitación de Furtwängler, una invitación que era un ruego. Te necesitaba.

Nos reunimos con él en Clarens, en un pequeño hotel balneario a orillas del lago. Era un día de cielo limpio y luminoso. Lo vi delgado, pálido y cansado. Lo acompañaba su esposa, a la que no conocíamos; solo hacía tres años que estaban casados. Era joven, al menos veinte años menor que él. Tenía el pelo rubio, rizado y largo; lo llevaba recogido, pero se le escapaban algunos mechones que se movían con libertad y brillaban al sol, igual que sus pendientes, que eran largos, en forma de pétalo o de hoja, y con piedrecitas incrustadas. Mientras vosotros dos os retirabais a hablar en privado, Elisabeth me invitó a sentarme con ella en la terraza, donde había preparado una mesita con pasteles y chocolate. Por desgracia, no pude ni probarlos; el estómago ya había empezado a darme la lata.

Las primeras palabras que nos dijimos fueron de cortesía, sobre el tiempo, sobre el alivio que sentíamos por el final de la guerra y las maravillas de vivir en un país de paz y orden como Suiza. Sin embargo, pronto se nos acabaron las frases hechas y no supimos qué más decirnos. Nos mirábamos, sonreíamos por cumplir, contemplábamos las aguas quietas del lago y dejábamos pasar el tiempo.

—¿Cree usted que el maestro querrá ayudarlo? —Fue ella quien rompió el silencio.

No supe qué contestar. Furtwängler estaba en pleno proceso de desnazificación. En Viena, un primer tribunal lo había declarado inocente de toda colaboración con los nazis, pero aún debía enfrentarse a una segunda audiencia en Berlín. Allí, un tribunal americano decidiría si Furtwängler podía o no volver a la capital alemana y recuperar la dirección de la Filarmónica.

—No somos nazis —dijo—. Wilhelm nunca se afilió al partido.

Me fijé en sus manos, la piel espléndida, la manicura perfecta, y escondí las mías. Tengo las manos destrozadas. Es lo que pasa cuando cargas leña y cocinas y lavas ropa y friegas sin descanso, es lo que pasa cuando ni el frío ni el paso del tiempo te dan tregua, pasa que te destrozas las manos.

—¿Ha visto las fotos de Mauthausen? —Desde que Rafel nos las había enseñado, llevaba aquellas imágenes pegadas a los ojos, no podía desprenderme de ellas.

—No.

—¿No ha visto ninguna fotografía de los campos? —Me costaba creerla. Las fotografías habían salido en prensa; los juicios de Núremberg contra los criminales de guerra ya habían comenzado. Se hablaba de ellos en todas partes. ¿Hasta qué punto era posible mantenerse al margen?

—No, no las he visto —me contestó—. Es que no he querido verlas.

La actitud de no querer ver lo que pasa a nuestro alrededor siempre me hace pensar en las ventanas de las casas cercanas a los campos de exterminio, en las cortinas bordadas, blancas, que se cerraban cuando los prisioneros atravesaban los pueblos camino de la cantera o de la fábrica.

La actitud de no querer ver lo que pasa a nuestro alrededor me hace pensar siempre en los soldados americanos que entraron en las casas de los que se escondían tras las cortinas, los hicieron salir, los llevaron a los campos y los obligaron a mirar, ver y respirar la muerte, a tocarla.

—Duelen, sí.

—No hace falta ver las fotografías para saber lo que ha pasado —dijo nerviosa.

Yo no estaba de acuerdo. Las imágenes servían para entender lo que las palabras hacían inexplicable, guardarían la memoria de los crímenes. Para mí era necesario mirarlas y volver a mirarlas; para ella, era preferible contemplar las aguas quietas del lago.

—Wilhelm se enfrentó a Goebbels —continuó Elisabeth— y le plantó cara. Quiso salvar a los músicos judíos, los mantuvo en la orquesta todo el tiempo que pudo y cuando no pudo protegerlos más los ayudó a salir de Berlín. ¿Qué más esperaban que hiciera? No podía salvarlos a todos.

—Imposible. —Tenía razón—. Nadie podía.

—No, nadie.

—Pero las víctimas no eran solo los judíos —me atreví a decir.

Ella no respondió. Su silencio me desagradaba; quizá por eso insistí.

—Las víctimas no eran solo los judíos de su orquesta. —Pequé de soberbia, el peor de los pecados; todavía hoy me siento avergonzada.

—¿Sabe que lo acusaron de conspirar contra Hitler? —La había molestado, era evidente.

—Sí.

Lo sabía. Sabía que lo habían considerado sospechoso de formar parte de un complot para acabar con la vida de Hitler, sabía que se había negado a participar en las películas propagandísticas del régimen, que Goebbels lo había acusado públicamente de ser amigo de los judíos y que algunos músicos judíos lo apoyaron durante el proceso de rehabilitación. Pero también sabía que Furtwängler se había fotografiado al lado del dictador, que había participado en decenas de conciertos y manifestaciones del partido nazi, que había dirigido, al menos una vez, la *Novena* de Beethoven en la celebración de un aniversario de Hitler y que había aceptado cargos y honores de un estado totalitario, un estado en el que cualquier concierto se iniciaba con el himno del partido y el brazo alzado, un estado que había convertido a Mendelssohn en un proscrito. Pero ¿quién era yo para hablar de todo eso en voz alta?

—Lo pusieron en las listas —continuó ella—. Querían deportarlo, podría haber muerto en cualquiera de esos campos. Por eso estamos aquí, por eso huimos de Berlín.

Se puso de pie y caminó hasta el lago. Fue entonces cuando me fijé en sus zapatos. Parecían nuevos. Eran zapatos de tacón, de charol, de color marfil, con la punta y el talón marrones. «De actriz de cine», pensé, y deseé tocarlos, incluso probármelos.

No permaneció mucho rato delante del lago. Dio un paseo corto, con pasos inquietos e inseguros, hacia la izquierda y hacia la derecha. Luego volvió a la mesa.

—Así pues, todo se reduce a quedarse en el país o marcharse. —Se sentó de nuevo conmigo.

—¿Solo le reprochan eso? ¿Que se quedase en Berlín durante la guerra?

—¿Y qué, si no? No es ningún criminal.

—No, claro que no.

—Berlín es nuestro hogar, tendríamos que poder vivir allí, tenemos todo el derecho.

—Nosotros no sabemos si podremos volver algún día, empiezo a pensar que no volveremos nunca.

—Pues lo lamento. —Sé que era sincera—. Es muy triste tener que vivir lejos de tu país.

—Sí que lo es.

—¿Cuántos años hace que se marcharon?

—Diez, diez años desde que empezó nuestra guerra. —La guerra todavía no había terminado. Una semana antes de aquel viaje a Suiza, ¿te acuerdas?, en Barcelona, cuatro republicanos que habían decidido cruzar la frontera y regresar a casa fueron fusilados. Quizá hoy mismo, mientras escribo, fusilen a cuatro más.

—Lo lamento, de verdad que lo siento.

Ya no nos dijimos nada más. El silencio se hizo largo y lento, y la mañana se fue tapando.

Me habría gustado quedarme en Suiza unos días más, una semana, un mes lejos de las tareas del hogar, lejos de los fogones, de la ropa sucia y de la leña, pero no pudo ser. Tú necesitabas volver al piano, a la composición y al estudio diario de Bach, así que no insistí.

De nuevo en Prades, en cuanto tuve un momento para mí, fui a confesarme. No estaba contenta con cómo me había comportado con Elisabeth. Había sido soberbia y, lo que es aún peor, había sido incapaz de reconocerlo y pedirle disculpas. «Las víctimas no eran solo los judíos de su orquesta», le había dicho, pero no era yo quien hablaba, eran la rabia y el dolor del exilio los que habían hablado por mí, era la distancia que me separa de los míos, una distancia que no se cuenta en kilómetros, sino en días y años, en muertos que no puedes enterrar, en nacimientos que no puedes celebrar, en navidades lejos de la familia, en abrazos que no das, en miradas y caricias, en cartas que no llegan a ninguna parte, en paquetes que se pierden, en días de frío, días de hambre, en miedo, en cansancio, un cansancio tan grande que, por más que duermas y descanses, no se va, no desaparece nunca. Puede que mi úlcera sea la suma de todo esto. Esta maldita úlcera será lo que me mate, ya verás.

Retomaste tu rutina de estudio, de salir tempranito a caminar solo, de trabajar en la composición del oratorio, de recibir y responder correspondencia. Parecías estar bien, pero no lo estabas. Yo sabía que tu estado de ánimo era una consecuencia de la entrevista con Furtwängler y, a pesar de ello, no quería preguntarte por vuestra conversación. «Ya me lo contará cuando quiera», pensaba, y una tarde por fin me hablaste de ello.

—Me dijo que no entendía por qué había cancelado la gira inglesa, cree que sobreestimo la importancia de mi decisión.

—Tal vez tenga razón.

—¿Crees que me equivoco?

—No. —Siempre he respetado tus decisiones—. Digo que Inglaterra no hará nada por nosotros, el único perjudicado eres tú.

—En cambio, Furtwängler no tardará en volver a Londres.

—¿Lo sabes seguro?

—Si la audiencia de Berlín le es favorable, no tardará en volver. Quizá ya tenga algún concierto apalabrado.

Mientras nosotros hablábamos, él estaba en Berlín, ante el

tribunal americano, repitiendo las mismas frases que debía de haberte dicho a ti. Podía imaginármelo perfectamente. Se defendería diciendo que nunca había sido un representante de Hitler y que, si se quedó en Berlín y convivió con el nazismo, lo hizo por amor a su pueblo y a la música alemana. Estaba convencido de que en aquellos años violentos el pueblo alemán necesitaba la música de Wagner y Beethoven más que ningún otro. Hablaría con vehemencia y diría que solo los que se habían quedado en Alemania sabían cómo era vivir bajo el dominio del nazismo y que no se arrepentía de haberse quedado. Vivir y hacer música en Berlín era la mejor manera de luchar por el alma de su pueblo. Era necesario mantener vivo al espíritu de Bach. Para acabar, consideraría el exilio como la opción más fácil. Cualquiera puede protestar desde fuera, diría; en cambio, luchar desde dentro es algo que solo hacen los valientes que asumen el riesgo de perder la vida.

—¿Qué significaba dirigir un concierto para los obreros de las fábricas de armas? —Pensabas en voz alta, como si tu pensamiento repitiera una y otra vez la conversación que habíais mantenido en Zúrich—. ¿Acaso no era una forma de animarlos a producir más y a trabajar con más afán para la guerra? Ser un gran director de orquesta no lo excusa de no tener conciencia.

Al cabo de un rato, cuando acabábamos de regresar a casa después del paseo, dijiste de pronto:

—No volveré a tocar en público.

Me costó reaccionar. Seguías siendo el mejor violonchelista del mundo, el más demandado y el mejor pagado. Estabas a punto de cumplir setenta años, pero alguien que no te conociese, si te oía tocar con los ojos cerrados, jamás adivinaría tu edad. Cuando tocas, no tienes edad.

—Espera, no lo digas aún —te pedí—. Piénsatelo un poco más antes de hacerlo público.

—No necesito darle más vueltas. Estoy convencido.

—¿Por qué? ¿Tan cansado estás?

Fue lo primero que se me ocurrió. Seguramente, las dos giras inglesas y los conciertos en Francia y en Suiza te habían dejado agotado. Quizá habías tomado conciencia de que ya no eras capaz de viajar como antes de la guerra ni de soportar lo que suponen las giras: la angustia previa al concierto, los homenajes y las tertulias interminables, la vida de hotel, solitaria. Siempre te habías sentido solo durante las giras, la necesidad de volver a casa te acuciaba desde el principio del viaje.

—No es cansancio —respondiste—. Es una cuestión de principios, y ya sé que mi decisión no cambiará las cosas.

—Pero tocar es tu vida.

—Debo ser coherente. Quiero ser coherente. Necesito tener la conciencia tranquila. Hay cosas más importantes que la música.

—Está bien —dije—. Si eso es lo que quieres, me parece bien.

Habíamos soportado la guerra con la ilusión de que un día llegaría la paz. Habíamos soportado el exilio con la ilusión de que un día volveríamos a casa. Pero cuando la paz llegó y fuimos conscientes de que nunca volveríamos, ¿qué ilusión nos quedaba? «Tal vez la música —había pensado yo—. Tal vez los conciertos nos devuelvan la ilusión». Y entonces elegiste el silencio.

Sin conciertos, sin ingresos, con las cuentas bloqueadas todavía, necesitábamos hallar una nueva ilusión que nos ayudara a vivir. Nos hacía tanta falta como el aire que respirábamos.

Encima de la mesa había tantos papeles, tantas cartas, que no sabías por dónde empezar. Te dolía la mano solo de pensar que tenías que responder a todas. Siempre habíamos recibido muchas, pero, cuando anunciaste que te retirabas de los escenarios, empezaste a recibir tantas cada día que en el momento de ir a dormir todavía no habíamos terminado de contestar. Eran cartas que te presionaban, que querían hacerte cambiar de idea. Te ofrecían una barbaridad de dinero para que volvieras a tocar, te ofrecían cheques en blanco, pero tú te enfadabas y decías siempre lo mismo: no, no, no.

Vivíamos tiempos de paz, pero los días seguían siendo difíciles. Recuerdo las tardes de domingo, las reuniones con los amigos exiliados, las discusiones sobre lo que debíamos hacer. Volver a casa o continuar en el exilio. Mantener la esperanza de una intervención aliada o aceptar la indiferencia del mundo ante nuestro drama.

—¿Y qué hay de lo del referéndum? —decía un amigo.

—Menuda pantomima —respondía otro—. Un referéndum que convierte al dictador en jefe de Estado hasta que se muera.

—Sí. Son capaces hasta de decir que en España hay democracia.

—¿No deberíamos protestar, maestro? ¿No deberíamos escribir o hacer algo? —te preguntaban.

—¿Y qué vamos a conseguir? —contestabas tú—. No hay peor sordo que el que no quiere oír...

Así transcurrían los días y los años.

Pasábamos grandes penas para mantenernos; menos mal que la familia y los amigos siempre han estado cerca de nosotros.

A veces, cuando más desanimada estaba, un paquete de Frederic me devolvía la alegría. Nos enviaba atún, sardinas, foie-gras y un chocolate delicioso que tuvimos que aprender a dosificar para que durara más tiempo y nos endulzara muchos días.

Nos felicitábamos la Navidad los unos a los otros siempre con la misma frase:

«Ojalá este año sea el último que pasemos lejos de casa».

«Ojalá podamos abrazarnos pronto», escribía yo a mis hermanos.

Pero entonces llegaba otra Navidad y empezábamos un nuevo año con la misma felicitación y el mismo deseo.

Poco a poco, cansados de esperar, muchos exiliados hicieron las maletas, cerraron las puertas y regresaron. Cada vez que uno de nuestros amigos nos decía adiós, yo me quedaba con ganas de ir tras él. Nacía en mí un doloroso deseo de sal y de oleaje.

—No puedo volver a casa, ¿lo entiendes? —me decías si reparabas en mi malestar.

Y yo te contestaba que sí, que lo entendía; al fin y al cabo, nadie me había obligado a seguirte, y ni me arrepentía ni me arrepentiría nunca, por más que el deseo de regresar me fuese carcomiendo el alma poco a poco.

—Yo tampoco puedo volver —respondía yo.

Para que se me pasara el deseo del mar, te cogía de las manos —el tacto de tu piel me ha salvado siempre— y pensaba de nuevo en tu compromiso, en la importancia de tu trabajo, en el valor de aquellas cartas que continuaban cayendo sobre la mesa día tras día, como una lluvia fina y perseverante. Todo el mundo te escribía, incluso tus familiares desconocidos de Puerto Rico. ¿Cuántas veces te han invitado a visitar el país de tu madre, a conocer a tu familia? «Eso sí que me gustaría, siempre he querido ir», sueles decir con palabras vestidas de alegría. Pero, acto seguido, coges papel y pluma, y rechazas la invitación una vez más. «No puedo abandonar mi exilio».

Un día, entre las cartas, apareció la postal de un joven chelista americano que te escribía desde París. Quería que le dieras clase. Ya te había escrito antes; la primera vez lo había hecho desde Nueva York. En aquella ocasión tú le habías contestado lo mismo que a todos los que te querían como maestro: que si habías abandonado los escenarios, también habías abandonado la enseñanza. Sin embargo, él no se rindió. No sabía francés y, aun así, cruzó el Atlántico y se instaló en París. Tenía la intención de volver a escribirte y la esperanza de que quisieras recibirlo algún día. Su insistencia tuvo premio: aún recuerdo su cara de sorpresa cuando le abriste la puerta en pijama.

—Pase y póngase cómodo. —Lo hiciste entrar en la sala—. Empiece a tocar, yo vengo enseguida.

Pero no te fuiste a ninguna parte. Te quedaste a mi lado, en el pasillo, escuchándolo.

—Si quiere estudiar conmigo, tendrá que aceptar mis condiciones —le dijiste después. Te había gustado y lo querías como alumno.

—¿Y cuáles son?

—Además de mis honorarios, tendrá que hacer un donativo de cien dólares para los exiliados españoles.

—Ah... —Lo dejaste totalmente desconcertado.

—¿Podrá hacerlo?

—Sí, está bien. Perfecto, cien dólares.

—Entendido. Pues ahora sí, voy a vestirme.

Después de aquel primer alumno, llegaron muchos más. Venían de todas partes para escuchar tus consejos. Había violonchelistas, pero también jóvenes que tocaban el piano o el violín. Los recibías a todos y a todos los escuchabas al menos una vez. Solo querías músicos de nivel y comprometidos. Si no te convencían, no los aceptabas.

Alyn llegó una mañana de finales de primavera. Tú todavía no habías vuelto de tu paseo y a mí me sorprendió con el delantal blanco atado a la cintura, podando las plantas y las flores. La vi desde el jardín, con el violonchelo cargado a la espalda y un papelito en las manos donde alguien, quizá la recepcionista del hotel, había dibujado nuestra calle y nuestra casa. Salí a esperarla. Era la primera vez que recibíamos a una violonchelista, y estaba impaciente.

—Buenos días.

—Buenos días —me respondió con voz pausada y cálida.

Entonces la vi bien: alta como yo, rubia y presumida como yo, discreta como yo, pero con el aire decidido de mi hermana Lluïsa.

—Llegas pronto, el maestro no está.

—Lo siento. No sabía cuánto iba a tardar, me habían dicho que el hotel estaba cerca, pero no creía que tanto. ¿Qué hago? ¿Me voy y regreso más tarde? Puedo ir a dar una vuelta...

—¿Con el chelo? No, ven, conversaremos un rato y haremos que el tiempo pase deprisa.

—Gracias.

Entramos en casa y nos sentamos en la cocina. Alyn era de Quebec. Me interesé por el viaje, por el país y por su familia, pero ella solo quería hablar de ti.

—¿Es muy estricto? —me preguntó.

—Mucho. —¿Qué sentido tenía engañarla?

—Sí —dijo, inquieta—, algo me han contado.

—Te pedirá que toques. Elige una pieza con la que te sientas segura.

—He preparado una suite de Bach.

—Bach es difícil, pero si te sientes segura, adelante.

—No. Es difícil, sí, mejor Mendelssohn —rectificó.

—Mendelssohn entonces, buena elección. ¿Quieres otro consejo?

—Claro.

—Evita sobre todo la rigidez, muévete como quieras, con los brazos, con el cuerpo entero. Muévete todo lo que necesites.

—¿Usted también toca? —Se había extrañado con mis indicaciones.

—No, ya no. El violonchelo lo regalé hace tiempo. Toco el piano alguna vez, pero solo si él me lo pide.

—Perdone. —Parecía avergonzada—. Ahora me sabe mal, cuando la he visto he pensado que era la criada.

—No eres la única que lo piensa. A ver, enséñame las manos.

Me las mostró. Vi las huellas de la disciplina y el esfuerzo en las yemas de sus dedos y en sus uñas. Me pareció que era un poco como nosotros, exigente y perfeccionista, y supe que te gustaría.

—Señorita Alyn, tenga cuidado —le dijiste un día mientras te despedías de ella después de la clase.

—¿Cuidado por qué? —te preguntó.

—Procure no resfriarse.

Se le enrojecieron las mejillas de golpe, pero, en lugar de avergonzarse y agachar la cabeza, se echó a reír. Te había entendido. La única que no sabía de qué hablabas era yo.

—¿Y ahora qué ha pasado? —te pregunté cuando nos quedamos solos.

—La vieron en el río.

Lo sabes todo de tus alumnos. Solo los ves durante las horas de clase, pero tienes una red de espías que te informa de todo lo que hacen. Sabes si se relacionan entre ellos o con la juventud de Prades, si salen de noche, si descansan lo suficiente o no, si cuidan su alimentación y si dedican todas las horas que deben al estudio del instrumento.

—Se bañaba en el río. ¿Y qué? —No me parecía ningún pecado.

—Desnuda. Y estaba sola. No quiero que hablen mal de ella.

—¿Cuánta gente sigue hablando mal de nosotros?

—No es lo mismo.

—Los tiempos cambian, Pablo. Y menos mal. Deja que se bañe como quiera.

Envidiaba a Alyn. Tenerla cerca me hacía pensar en mi juventud; comparaba la mía con la suya y la envidiaba. ¿Cuántas veces, en Sitges o San Salvador, había fantaseado con la idea de ir a la playa de madrugada, de tener el mar solo para mí, de cometer una transgresión y bañarme desnuda?

¡Si mi hermana Lluïsa pudiera ver cómo ha cambiado la vida de las mujeres! «Los cambios siguen siendo pocos», imagino que diría. Pero seguro que le gustaría conocer a muchachas como Alyn, jóvenes que viajan solas de un continente a otro sin la tutela de amigos ni conocidos de la familia; muchachas que, al atardecer, se bañan desnudas en el río, ajenas a las críticas y las habladurías.

—Entonces ¿no quieres ser feminista? —me preguntaba Lluïsa a menudo.

—Si ser feminista significa querer que tú, Lluïsa Vidal Puig, te conviertas en una gran pintora y ayudarte tanto como pueda en ese propósito, sí, soy feminista. Si ser feminista significa salir a la calle y reclamar el derecho al sufragio a gritos y pedradas, no lo soy.

Ella tampoco estaba de acuerdo en lanzar piedras, claro que no, pero se sentía más comprometida que ninguna de nosotras con la lucha de las mujeres y se indignaba cuando hombres de renombre, artistas e intelectuales, en lugar de colaborar en aquella lucha, se mofaban de ella.

Recuerdo que un día, cuando padre no nos dejaba ver a Júlia y teníamos que recurrir a conciertos y teatros para reunirnos con ella, asistimos a un estreno de Rusiñol. En el escenario, una mujer con el pelo corto y gafas, vestida con corbata y camisa de hombre, empezaba así su monólogo: «Por más que a las mujeres no nos guste hablar...». Luego, cuando el público se había terminado de reír de aquel primer chiste, soltaba un discurso grotesco sobre las mujeres que pensaban como Lluïsa y sus compañeras. Algunas de las cosas que decía aquella comedianta feminista eran graciosas, la verdad, y tanto Júlia como yo nos reímos con más de una de sus ocurrencias. «No sé de qué os reís tanto. —Lluïsa se molestó con nosotras—. Este texto es tan obsceno y desagradable como lo que escriben los críticos musicales cuando tú sales a tocar», me dijo.

La primera vez que mi hermana expuso su obra, eligió hacerlo en Els Quatre Gats, un espacio donde ninguna mujer había expuesto nunca. Así dejaba claro cuáles eran sus intenciones y qué principios las regían. No soportaba la idea de que sus cuadros se incluyeran en aquello que la prensa llamaba «pintura de señoras y señoritas». Y, si alguna vez la invitaban a formar parte de una muestra colectiva de pintoras, siempre se negaba. Era ambiciosa. Estaba segura de la calidad de su pintura y anhelaba que los críticos fuesen capaces de mirar y valorar su obra como miraban y valoraban la de sus colegas barbudos. No lo consiguió. Tuvo que soportar hasta el final de sus días las quejas de aquellos que criticaban su «trazo viril», su «pincelada masculina», «una obra demasiado dura teniendo en cuenta que nace de una mujer».

Al lado de sus amigas y compañeras de causa, Lluïsa trabajó con ahínco para promover la educación de las mujeres. Creía a ciegas en el lema de la señora Bonnemaison: «Toda mujer vale más cuando letra aprende», un lema con el que también yo estaba de acuerdo. De hecho, en parte yo pensaba igual que mi hermana. Creía, por ejemplo, que las mujeres podían trabajar fuera de casa y tener carreras y trabajos de tanta notoriedad como los que tenían los hombres. Me parecía necesario mejorar las condiciones laborales de las obreras que trabajaban horas y horas en fábricas y talleres a cambio de un jornal ridículo. Veía injusto que la mujer tuviera que elegir entre el matrimonio o el convento; creía que la vida de soltera era tan honorable como la de casada, que la mujer podía ser independiente e incluso renunciar a la maternidad si quería. Pero, por encima de todo, creía que la mujer había nacido para amar y cuidar a los demás.

—Es nuestra naturaleza —le decía a mi hermana.

—No es así, Fita —me respondía ella—. Hemos nacido para ser lo que queramos ser, y eso no tiene nada que ver con el amor.

Sin embargo, nunca he conseguido librarme de esta idea. Me aprisiona, está enraizada demasiado adentro. Trabajadora o no, soltera o no, madre o no, con derecho a voto o sin él, en mi opinión la mujer no podrá desprenderse nunca de su inclinación natural a amar y cuidar a los demás. En realidad, Lluïsa lo hizo toda su vida.

Cuando enfermó, en el otoño del 18, mi hermana estaba trabajando frenéticamente en algunos proyectos nuevos. «No vengáis a verme, me parece que he cogido esa gripe tan mala —me escribió—. Y justo ahora que tengo tanto trabajo. Qué mala suerte». Quería curarse deprisa, acabar lo que había comenzado y organizar otra exposición, pero la gripe fue más fuerte que ella.

Es bien cierto eso que dices de que los seres queridos nos acompañan siempre. Cuando mueren, lloramos la pena de perderlos, su ausencia nos duele, pero, superado el primer golpe, cuando el dolor se hace más soportable, vuelven a nosotros de mil formas, y una de las formas en las que Lluïsa vuelve a mí es a través de Alyn.

—¿No le molesta que la gente piense que es la criada del maestro? —me preguntó un día.

—Las cosas son como son —le debí de responder, o una frase parecida, una frase de esas que no quieren decir nada, las que decimos cuando el tema de conversación nos incomoda y queremos pasar a otra cosa.

—Todavía puede ser como ella.

—¿Como quién?

—Como Lise Cristiani.

Alyn había cogido la costumbre de llegar pronto y, mientras tú paseabas, me ayudaba en el jardín o conversábamos en la cocina. Durante aquellos ratos yo le había hablado de las ambiciones artísticas de padre, del Trío Vidal Puig y de mi deseo fugaz de ser como Lise Cristiani.

—A buenas horas. —Me reí con ganas.

—¿No sabe que, además de hacer música, escribió la aventura de sus viajes? —Ella no se reía, hablaba muy en serio—. Usted podría hacer lo mismo.

—Te equivocas. —No me lo podía creer—. Debes de haberla confundido con otra chelista.

—No. Ni me equivoco ni me lo invento.

—Debe de ser un error, Alyn, estoy segura de que no escribió nada.

Yo también guardaba algunos tesoros, igual que padre. Coleccionaba estampas de compositores y músicos, programas de conciertos y recortes de prensa. Muchas de aquellas estampas, entre las que guardaba dos retratos de Lise Cristiani, me las había enviado Maria desde Mannheim. Pero mi hermana nunca me había hablado de la Cristiani escritora y yo estaba convencida de que, si las narraciones de la violonchelista hubieran existido, Maria habría sabido de ellas y me las habría hecho llegar.

—Está bien —dijo Alyn—, no quiero discutir con usted.

Ya sé lo que haremos. Buscaré los relatos y se los traeré, pero a cambio quiero pedirle una cosa...

—Dime.

—Quiero oírla tocar.

—¿A mí?

—A usted, claro. ¿Me promete que si le traigo los textos tocará para mí?

—De acuerdo —respondí, divertida—. Te lo prometo, pero solo lo hago porque sé que no encontrarás ni una sola palabra escrita por Lise Cristiani.

Ese mismo día, después de la lección, cuando ya se iba, Alyn te dijo:

—Maestro, antes de que lo pregunte, ya se lo digo yo: esta tarde bajaré al río a bañarme.

Bravo, Alyn.

Tozudo como tú solo, cuando tus amigos americanos te propusieron participar en la celebración de Bach, también les dijiste que no. Participar significaba volver a embarcarte para cruzar el océano, pero sobre todo significaba abandonar del exilio y regresar a los escenarios, dos cosas que jamás volverías a hacer.

—Se niegan a entender mi compromiso —te quejaste.

—Yo no lo veo así, Pablo. —La idea del festival me devolvía la ilusión que nos faltaba desde hacía años.

—¿Por qué?

—Se trata de Bach. Y ya hemos perdido demasiadas cosas, no me parece justo que también pierdas esta.

—Voy a escribirles para decirles que no.

—Espérate a mañana. Pensémoslo juntos, escúchame...

Pese a que sabía que mis palabras no servirían de mucho, me impuse la obligación de decírtelas. Quise que pensaras en la forma en que Bach nos ha acompañado a lo largo de la vida. Necesitaba desgranar vuestra historia juntos, obligarte a pensar en el momento en que descubriste las Suites, en cómo habías sufrido para entender el significado de cada nota y en la promesa íntima de no tocarlas en público hasta que te sintieras lo bastante digno. Quería recordarte el dolor de los años en los que las grabaste, mientras una lluvia de bombas inundaba nuestras calles y sepultaba las vidas de tanta gente.

«¿Te acuerdas de cuando el hermano Fernando tocó para ti *El clave bien temperado* en la capilla del sanatorio?», te dije.

«Cada mañana, cuando te levantas, tocas a Bach, las Suites son tu oración de buenos días».

«Los alumnos que llegan a Prades para perfeccionar su forma de interpretar a Bach acuden a ti porque saben que no hay otra persona en el mundo que pueda ayudarlos».

«Tu nombre y el de Bach irán unidos para siempre, como dos anillos inseparables, como una cadena que jamás se romperá».

«No se puede celebrar Bach si tú no estás...».

Pero nada de lo que te dije te hizo cambiar de opinión. Al día siguiente pusiste el sello en el sobre y enviaste la respuesta a tus amigos. De ningún modo participarías en el festival Bach, bajo ningún concepto abandonarías el exilio ni tocarías de nuevo en público.

No volvimos a hablar del festival hasta que vino a vernos nuestro buen amigo Schneider. Estaba empeñado en que debías volver a los escenarios y había decidido no rendirse.

—¿Y si no hiciera falta viajar? ¿Y si el festival lo hiciéramos en Prades?

Era una respuesta sorprendente, impensable.

—¿Aquí? —Yo estaba perpleja. Prades no es un lugar agradable para todo el mundo; no es fácil llegar y, si lo comparas con París, Viena o Nueva York, tiene todas las de perder.

—Ah, eso es otra cosa —respondiste tú—. Eso sí que lo podríamos valorar. —Y no te hizo falta mucho tiempo para valorarlo, la verdad; al cabo de apenas unos segundos añadiste—: De acuerdo, hagámoslo aquí. Sí, intentemos hacerlo en Prades.

Todo el mundo se puso manos a la obra. Por un lado, Schneider y los amigos americanos. Por el otro, las buenas gentes de Prades. Fueron muchos los que, de forma anónima y desinteresada, nos ayudaron, sobre todo nuestro amigo el doctor, su esposa y la buena de Madame Gouzy. Todas las manos eran pocas. Teníamos que escribir una montaña de cartas e invitaciones, resolver la forma de atender a los invitados y a la prensa, buscar hoteles, hablar con el alcalde, pensar en el auditorio... Tu hermano Enric y yo nos pusimos a trabajar con la misma ilusión y el mismo entusiasmo con el que habíamos encauzado el proyecto de la orquesta. El recuerdo de Felip y de aquellos días nos estimulaba. Queríamos que el festival fuese un éxito. Queríamos liberarte de la cárcel en la que tú mismo te habías encerrado. Queríamos verte feliz. Y, después de una larga preparación y de tres semanas de ensayos, el festival Bach se celebró. Los habitantes de Prades no acababan de entenderlo. «Pero Bach no es francés, ¿no?», recuerdo que me preguntó un vecino. Y también: «¿Quién es ese tal Bach, él también viene?». Mientras la prensa francesa te ignoraba y los diarios españoles aseguraban que el festival no era más que una reunión de judíos y comunistas que a saber qué objetivos tenían, Prades se llenó de música y de músicos, de coches lujosos, zapatos de salón, vestidos elegantes y realeza.

Cuando el concierto estaba a punto de empezar, vino a buscarme el médico.

—Señora Capdevila... —Por el tono y el gesto, entendí que la cosa no iba bien. Lo seguí hasta la sacristía.

—Tendría que haber tensado más las cuerdas —me dijiste—. Quizá tendría que haberlas cambiado.

Estabas sudando. «Aquí están», pensé. Tus antiguos miedos estaban de vuelta. Y es que no serías quien eres sin tus miedos. Pedí que nos dejaran solos.

—¿Y si me tiemblan las manos y pierdo el arco? Me puede fallar la memoria, igual se me agarrotan los dedos...

—No pasará nada de eso.

Quizá nos habría venido bien una cucharada del jarabe de naranja de madre, pero nos tuvimos que conformar con cuatro caricias. Después, todo fue alegría.

Lo único malo del festival fue la ausencia de mis hermanos. Mercedes viajaba por Sudamérica con su marido, Rosina no pudo dejar el orfanato y Claudi prefirió no moverse del lado de Frederic, que ya estaba muy débil y no tardó en dejarnos.

Sin embargo, no acabaría nunca de enumerar las cosas buenas.

Asistió tanta gente que tuvimos que dejar abiertas las puertas de la iglesia para que el público pudiera oír los conciertos desde la plaza y las calles. Los aplausos estaban prohibidos, pero fue el propio obispo quien, el último día, incapaz de contener la emoción por más tiempo, se puso de pie y aplaudió con tanto entusiasmo que todo el mundo lo siguió. Los aplausos eran tantos y tan fuertes que creímos que las paredes se derrumbarían. Una multitud de peregrinos te aguardaba al salir de la iglesia. En la frontera, la policía se había hartado de romper pasaportes y permisos, y fueron muchos los que decidieron caminar quince horas por la montaña para venir a verte. También acudieron algunos de los exiliados que habían recibido nuestra ayuda en los campos. Todos querían abrazarte, cogerte de las manos, besarte...

Pero de todo lo bueno que tuvo aquel primer festival, lo mejor fue el regreso inesperado de Alyn.

Llegó el día del último concierto, de buena mañana, como siempre. No había encontrado habitación en Prades, así que se alojaba en Vinça. Venía feliz y exultante.

—Aquí los tiene. —Me puso en las manos los textos de Cristiani.

—Los has encontrado... —No me lo podía creer.

—No escribió mucho, pero escribió —dijo victoriosa.

—*Viaje a la Siberia oriental*. Vaya, esto sí que es una sorpresa...

—En realidad, son las cartas que envió a sus padres mientras viajaba, pero no lo parecen, no parecen cartas, son auténticos relatos de aventuras.

No veía la hora de empezar a leer aquellos papeles. «Lo haré por la noche, cuando Pablo duerma —pensé—. No, los leeré mañana por la mañana, bien temprano, mientras sale el sol». Pero fui incapaz de soportar la espera y los empecé a leer en aquel mismo momento, delante de Alyn.

Después de viajar por Dinamarca, Austria, Inglaterra, Italia, Holanda y Alemania, acompañada de un viejo pianista y de una mujer que le hacía de asistente, Lise Cristiani llevó a cabo un recorrido de dos años por Rusia y Siberia. Llegó hasta la frontera con China y, si no hubiese enfermado de cólera, seguro que la habría cruzado y habría ido más y más allá. Cuando murió en Novocherkask, la capital de los cosacos, solo tenía veintiséis años.

Lisa, Elise, Lise Cristiani.

Tuvo una vida corta y temeraria, errante y embriagadora.

«He cruzado ríos y mares, atravesado bosques, desiertos y montañas», dejó escrito.

«He hecho el recorrido a caballo, caminando, en carro, en trineo, en litera... He llevado mi música a rincones adonde ningún artista había llegado... He tocado para gente humilde, para reyes y emperadores... Las ballenas del mar de Ojotsk han acompañado con sus cantos el sonido de mi Stradivarius...».

He leído estos textos tantas veces que casi puedo recitarlos de memoria.

En ellos, la artista describe su odisea con tanto detalle que te resulta fácil ver a las gentes que la reciben. Fascinada por la forma de vestir y calzar de estas gentes tan extrañas, aceptas sus palabras de bienvenida, las saludas y te sientas con ellas a la mesa. Saboreas arroces, pescados, mermeladas y dulces. Aprendes palabras e historias nuevas. Si sigues leyendo, llegas al Pacífico, atraviesas la tempestad y la calma, la niebla y el cielo despejado, tiemblas de miedo cuando las ballenas furiosas golpean la quilla del barco y respiras aliviada al descubrir que la voz del violonchelo las calma...

¡Hay tanta poesía en estos relatos! Si mi hermana Maria pudiera leerlos, disfrutaría de ellos tanto como yo cada vez que los releo.

«Nieve, nieve y solo nieve. La nieve que cae, la nieve que ha caído, la nieve que aún caerá».

«Este manto de nieve que me envuelve y hace temblar a mi corazón».

—Gracias, Alyn, es el regalo más valioso que me han hecho nunca.

—Ahora le toca a usted cumplir su promesa.

—Pero ya no tengo el violonchelo.

—Use el del maestro, así tocaremos juntas.

—No. Eso no puede ser.

—Entonces pruebe con el mío. Yo la acompañaré al piano.

No tocaba el chelo desde que habíamos llegado a Prades. ¿Cuántos años habían pasado? ¿Doce? ¿Trece? Sin embargo, Alyn había cumplido su parte del trato, y yo me sentía obligada a cumplir la mía. Cogí el violonchelo, me lo puse entre las piernas, ataqué las cuerdas con el arco y no fui capaz de decir ni una nota.

¿Dónde está mi voz, que no la oigo?

Hace muchos días que no escribo. Siempre estoy cansada, y el dolor no me da tregua. Sin embargo, hoy me siento obligada a hacerlo, así que vuelvo a coger el papel y la pluma. Wilhelm Furtwängler ha muerto. Lo hemos sabido esta mañana. He rezado por él. Ojalá Elisabeth me haya perdonado. Nunca me he considerado mejor persona que ella. Nunca he pensado que el exilio nos haga mejores personas.

«No era nazi —me has dicho cuando has venido a darme la noticia—. No creo que lo haya sido nunca, pero la sombra del nazismo siempre estará sobre él». Y, cuando me lo has dicho, he vuelto a pensar en aquellos oficiales alemanes que izaron su nombre en nuestra casa.

La actitud de Furtwängler era ambigua y paradójica. Ni la entendía entonces ni la sé entender ahora.

He vuelto a imaginarlo ante el tribunal, repitiendo las mismas frases que te dijo a ti aquel día en Clarens, pero ya no he sentido rabia.

Una vez superado su proceso de desnazificación, Furtwängler te escribió una última carta en la que te propuso grabar con él el doble concierto de Brahms. Le volviste a decir que no. En esta ocasión, sin embargo, tuviste el valor de confesarme que nada en el mundo te habría hecho más ilusión que tocar Brahms bajo la batuta extraordinaria de Furtwängler. «Quizá la vida me esté ofreciendo una segunda oportunidad —me dijiste—. Y soy incapaz de aprovecharla».

Eres de los que piensan que, si haces algo mal y eres consciente de ello, es posible que la vida te regale la oportunidad de rectificar. Debías de creer que, si aceptabas grabar el concierto de Brahms con Furtwängler, te redimirías por haber sido demasiado duro con él en Suiza, pero te negaste de nuevo.

Y es que ya no eres libre de decidir qué haces. Hace tiempo que dejaste de ser libre.

Por más que el corazón te diga «avanza», si avanzar significa decepcionar a los que te ven como un santo o un símbolo, te quedarás quieto, no avanzarás, no irás a ninguna parte.

Te has convertido en una especie de oráculo.

Estudiantes, periodistas, músicos profesionales, aficionados a la música, exiliados y admiradores devotos peregrinan hasta Prades para verte aunque sea de lejos, para escuchar tu historia, oír tu violonchelo, tocarlo, de paso, si pueden, robarte una pipa y convertirla en un amuleto que los proteja o les transmita algo de tu carácter. Como les contagies la depresión, la hipersensibilidad y el pánico escénico, van servidos, los pobres.

«Cualquier mujer que lo ame, lo amará siempre, pero no habrá ninguna mujer que pueda vivir con él», declaró Guilhermina una vez.

Con el paso del tiempo, la primera afirmación se ha demostrado cierta. La segunda, en cambio, ha resultado ser del todo errónea.

Después de años sin veros ni saber nada el uno del otro, un día te llegó una carta de Mina. Estaba enferma, sentenciada a muerte a causa de un cáncer de hígado, pero quería asistir al festival, al primero de todos. Te pedía ayuda para conseguir entradas y reservar dos habitaciones de hotel. Decía que no te había olvidado, que te admiraba y que se alegraba de saber que habías decidido romper tu silencio. También decía que estaba deseando verte y oírte tocar una vez más antes de morir.

«Escríbele —te dije—. Que venga, ya buscaré yo las habitaciones».

Quizá te afectó el recuerdo de tu juventud y de los años vividos junto a ella, no lo sé, el caso es que no te atreviste a responder a aquella carta. Tampoco te pareció bien que le escribiera yo; se lo pediste a nuestro amigo el doctor. Él, solícito, cogió la pluma y le explicó que su carta te había conmovido, pero que los ensayos y la complicada gestión de los preparativos no te daban tregua y te resultaba dificilísimo encontrar un ratito de paz para escribir. «El maestro le hace saber que le alegrará mucho volver a verla», añadió al final de la misiva.

Reservamos las entradas y le encontré dos buenas habitaciones, una para ella y otra para la amiga que la iba a acompañar, pero no vinieron. Fue muy triste que muriese antes de poder hacer el viaje. La noticia nos llegó en agosto, cuando todo había terminado. Los músicos, los invitados y los periodistas ya se habían marchado, y Prades se había vuelto a quedar callado y gris. Guilhermina presintió la muerte y la esperó con el cabello impecable y las uñas y los labios pintados. Eligió el vestido con el que quería que la enterraran y se tumbó en la cama. A su lado, su amado violonchelo esperó con ella.

A Susan la encontraron hace poco paseando por París, desorientada y con tu nombre en los labios. Al descubrir quién era, las autoridades se pusieron en contacto contigo. Rosina, que todavía estaba en Neuilly, fue a buscarla y se hizo cargo de ella mientras su familia llegaba desde Nueva York.

«Cuando se sienta a la mesa, quiere un plato para su marido —nos dijo mi hermana—. Dice que espera a Pablo, está convencida de que aparecerá».

A pesar del daño que debisteis de haceros el uno al otro, Susan no ha perdido nunca la esperanza de una reconciliación.

«No habrá ninguna mujer que pueda vivir con él». Esa parte del vaticinio es la que no se ha cumplido. Yo soy la prueba.

Debíamos guardar las formas, así que me puse el disfraz de criada, un escudo que ya no necesito. Si todo el mundo sabe quién soy, ¿para qué callamos?

«Elle est Madame Capdevila, la dame qui prend soin de moi», dijiste aquel día en Zermatt.

¿Qué dirá de mí la prensa? ¿Dirá que ha muerto tu secretaria?

¿Y qué dirás tú? ¿Les dirás que se equivocan? Si te piden que hables de mí, ¿qué responderás? ¿Dirás palabras bonitas como las que me dices cuando estamos solos o callarás y seguirás guardando el secreto?

En la novela de Tolstói, mientras agoniza, Iván Ilich se pregunta si ha vivido como debía. Le atormenta la idea de que su vida haya sido un error. Yo me hago la misma pregunta. ¿He vivido como debía? Lo único que puedo decir es que no me arrepiento de nada. Tu miseria ha sido la mía, tu rabia ha sido la mía, tu silencio ha sido el mío; tu alegría y tu oscuridad también han sido mías. No soy la mujer que te cuida, soy tu mujer.

He escrito a mi sobrino para indicarle cómo repartir mis bienes. No poseo ninguna fortuna, pero he querido hacer testamento de las pocas cosas que aún me quedan en Barcelona y San Salvador. Quiero que el retrato que me hizo Lluïsa sea para ti. El grande, el que me regaló cuando me casé. Sé que te gusta y que te gustará tenerlo. Si algún día vuelves a San Salvador, podrás añadirlo a tu colección de pinturas. La casa es grande, seguro que encuentras alguna pared para él. Además de este cuadro, Frederic te dejará coger todo lo que quieras.

Escribía cinco páginas diarias; ahora escribo cinco líneas y ya estoy exhausta. Lo dejo estar.

Hasta aquí llega el relato de mi aventura siberiana.

Cuando me metan en la caja, podrás hacer el viaje que tanta ilusión te hace. Acepta la invitación de esos familiares a los que no conoces y ve a Puerto Rico. Ve a buscar el sol. Hace demasiado tiempo que pasamos frío.

Nieve, nieve y solo nieve. La nieve que cae, la nieve que ha caído, la nieve que aún caerá. Este manto de nieve que me envuelve y hace temblar mi corazón.

¡Si pudiera abrir la ventana y sentir el airecito del mar!

Pablo

El coche fúnebre con los restos de Frasquita llega a la frontera.

El viejo Renault lo sigue.

La policía francesa quiere ver los documentos.

Es solo un trámite. No hace falta ser escrupulosos, está todo previsto, pactado.

El maestro viaja al lado de Vincent, en el asiento del acompañante. Detrás van su hermano Enric y Teresina, la esposa de Lluís, el único de los tres hermanos Casals que no es músico.

Mientras dos gendarmes revisan los papeles, otro de un rango superior se dirige al maestro.

—¿Quiere bajar a estirar las piernas? —le pregunta con deferencia.

—No, gracias —responde el músico.

El oficial insiste.

—Si lo desean, pueden aparcar los coches, caminar un poco, ir al baño. ¿Les apetece un café, agua, alguna otra cosa?

—Es usted muy amable, pero debemos seguir. Nos están esperando.

Vincent recoge los documentos y avanza hasta detenerse delante de la policía española. Los cuatro ocupantes del Renault vuelven a saludar y a mostrar los pasaportes y los permisos.

Un oficial se acerca a hablar con el maestro.

—Si quiere, puede hacer el viaje en uno de nuestros coches. —Señala dos Mercedes lujosos y relucientes. Dentro de los vehículos, el maestro ve a unos hombres de sonrisa oscura.

Ahora lo entiende.

Quieren que entre en Cataluña al amparo de los policías o bajo su custodia.

De qué querrían protegerlo, no lo sabe.

Por qué habrían de custodiarlo, también lo ignora.

—Aquí voy bien.

—Nuestro automóvil es más cómodo, y son horas de carretera.

—¿Estoy obligado? —pregunta.

—No, por supuesto que no.

—Pues gracias, pero no quiero separarme de mi familia.

El policía acepta la respuesta, saluda con un tímido gesto militar y se retira.

Todo en orden.

El coche fúnebre se pone en marcha. Vincent hace lo propio.

Esto ya son tierras catalanas, territorio español.

—Creía que no volvería nunca —dice el maestro—. Estaba convencido.

Desde el asiento de atrás, Enric le toca el hombro con afecto. Pocos minutos después, llega la observación de Vincent.

—Tenemos compañía. —Acaba de darse cuenta de que los dos Mercedes los siguen.

Más vale que se haga a la idea: los hombres de sonrisa oscura son su escolta; serán su sombra hoy, mañana y todo el tiempo que dure la visita.

¿Por qué lo hacen? ¿Por cortesía? ¿Para que nadie pueda acercarse al maestro y hacerle daño? ¿Para evitar una confabulación republicana? ¿Temen que no cumpla con sus condi-

ciones y aproveche el funeral para pronunciar un discurso po-
lítico?

—Mira que son ridículos —dice, y provoca las risas tími-
das de sus acompañantes—. Igual que los alemanes —añade.

Recuerda la segunda visita de los nazis. La segunda, sí. Y es
que Tití se equivoca en su recuerdo. Los nazis fueron a verlos
dos veces: la primera visita fue la del registro y las amenazas; la
segunda, la de los cumplidos y la invitación a Berlín.

«Si acepta venir a Berlín, pondremos un tren a su disposición —dijeron—. Viajará cómodamente y tranquilo, no tendrá
que preocuparse por nada».

Un tren cómodo y un Mercedes confortable, las absurdas
tentaciones del demonio.

—Ridículos —repite.

De algún modo, el recuerdo lo trastorna.

Baja la ventanilla; deja que entre el aire.

—¿Se encuentra bien? —le pregunta Vincent.

—Sí, sí, no os preocupéis. Todo va bien.

Mira fuera e imagina un paisaje nevado de hace dieciséis
años.

Mira, imagina y ve
un río de gente vencida
que huye de su casa,
que lo deja todo atrás para salvar la vida.
Hay mujeres que cargan el cuerpo herido del marido,
hay hombres y niños mutilados,
niñas y abuelas
y mujeres a punto de parir
y mujeres y hombres armados.
Se han llevado las joyas, los platos, los colchones, las fotografías, los hilos y las agujas de coser,

se han llevado la vida que han podido llevarse para poner-
la en otro sitio y volver a vivirla o seguir viviéndola.

No saben que esta vida que arrastran se irá quedando en
los caminos,
hecha pedazos,
abandonada
porque pesa demasiado,
porque es un peso que no se puede soportar.

No saben que en Francia no hay nadie preparado para re-
cibirlos.

No saben que vivirán días y noches y más noches y más días
amontonados en la frontera
mientras esperan
un mendrugo de pan y un vaso de agua.

No saben que el mar puede ser una prisión.

No saben que los espera la arena,
que el hambre los espera,
que los esperan el tifus, la sarna y los piojos,
que vivirán medio cercados por una corona de espinas,
sin techo ni paredes,
que rezarán para que no llueva,
que rezarán de nuevo para que no haga viento ni frío ni sol.

La mujer que está a punto de parir no sabe que parirá en la
playa,
que no podrá alimentar a su hijo,
que el hijo se le morirá en los brazos
y que los brazos se le helarán cuando unos hombres extraños y toscos le arranquen al hijo muerto y se lo lleven para
enterrarlo en una fosa común.

La abuela que arrastra el colchón ignora que ni siquiera
llegará a la frontera.

Este matrimonio joven no sabe que vivirán otra guerra,
que cuando esta otra guerra llegue se unirán a la resistencia,

que vivirán escondidos en las montañas,

que se enfrentarán a los alemanes,

que les robarán las armas y les dinamitarán los trenes,

que serán capaces de matar y matarán,

que él morirá bajo tortura en los calabozos de una cárcel francesa

y que las cenizas de ella abonarán las plantas que la esposa del SS que ha ordenado su muerte tiene en el jardín de casa, en el infierno negro que hay al norte de Berlín.

«En aquel infierno también había música», piensa ahora el maestro.

La música siempre estaba presente de algún modo.

A la hora del recuento, en algunos de aquellos campos, sonaban canciones populares alemanas.

Cuando los prisioneros y las prisioneras salían hacia el trabajo, los hacían cantar marchas militares teutonas.

Cuando ejecutaban a los prisioneros capturados después de un intento de fuga, sonaba una bonita canción de amor francesa, *j'attandrai ton retour*.

La ironía de los nazis,

la metáfora ruin y el eufemismo.

En Auschwitz había una orquesta de prisioneras.

En otros campos, el día que las prisioneras y los prisioneros descansaban del trabajo y agonizaban por los rincones abyectos de aquellas prisiones inmensas, sonaba Wagner a todo volumen,

valses de Strauss,

también Beethoven.

Los músicos encarcelados debían tocar para sus carceleros.

Hombres y mujeres y niñas y niños entraban en la antesala de la cámara de gas envueltos en la música que tocaban las orquestas de prisioneras y prisioneros.

¿Cuántas mujeres, cuántos hombres, cuántos supervivientes son capaces de escuchar una pieza de Wagner o Beethoven sin ceder al pánico?

¿Qué hicieron los nazis con la música?

¿Qué hicieron con el canto de alegría fraternal de Schiller y Beethoven?

La música universal, redentora,

la música que debía unir a los hombres,

convertida en método de tortura.

La tortura no se borra,

quien ha sido torturado sufre la tortura hasta el fin de sus días,

la tortura es permanente,

las heridas desaparecen,

desaparecen los moratones y sanan los huesos,

pero la tortura persiste.

Entre los que se retiran, el maestro ve a Blai y a Rosa.

Él carga con un saco de ropa colgado de los hombros,

una maleta sobre la cabeza.

Ella, embarazada de seis meses, lleva la llave de casa colgada del cuello, dentro de una bolsita de hilo de algodón amarilla hecha de ganchillo. No se quitará jamás ese collar. Si llega el día del regreso, abrirá la puerta de su casa como si volviera después de una larga noche de ausencia.

Los mira y le parece que ellos también lo ven, que lo saludan con una mirada de afecto.

De repente, el aire se convierte en hielo.

El músico sube la ventanilla.

El río de gente se seca y desaparece.

En Prades ya se celebró un funeral para Frasquita.

El cadáver de Tití no se podía quedar en casa hasta la hora

del traslado, y su amiga Madame Gouzy, una de las incansables hormigas que cada año hacen posible el Festival Bach, encontró la solución.

—En nuestro nicho hay espacio. Podemos abrirlo para ella, no nos importa que Madame Capdevila esté ahí unos días, mientras usted espera los papeles y acaba de organizar el viaje.

El maestro aceptó la oferta, pero no fue capaz de asistir a la ceremonia de despedida. Al funeral de hoy sí que irá, su asistencia es necesaria e inevitable. Ha de hallar la manera de despedirse de ella.

—¿Quién vendrá al cementerio? ¿Habrá mucha gente? —pregunta.

—Nosotros, los sobrinos de Frasquita y quizá el alcalde.

La respuesta de Enric no acaba de tranquilizarlo, teme que en El Vendrell lo esperen los viejos amigos, los vecinos de antes, de siempre, teme el momento en el que le den el pésame por la muerte de su esposa.

Su esposa, ahora ya puede decirlo.

Su pensamiento da otro salto y huye hasta una tarde del último mes de octubre.

—Me voy un ratito a la cama, Pablo —le dijo ella.

Y él asintió sin percibir nada extraño en aquella frase, sin adivinar ni presentir alarma alguna. La tarde se presentaba igual que todas sus tardes, ella descansaría y luego saldrían juntos a pasear. Tenían esa costumbre desde hacía tiempo; por la mañana daba los paseos él solo; por la tarde lo hacían juntos. Pero pasó una hora, pasaron dos, y ella seguía sin moverse de la cama.

Entonces fue a verla.

Estaba despierta.

Michouline, acurrucada a sus pies, tampoco dormía.

—¿Qué te pasa, no te levantas?

—Hace rato que lo intento, pero no puedo. Se me han ido todas las fuerzas de golpe.

—¿Llamo al médico?

—Espera. —Se quedó callada y quieta un rato, mientras él esperaba quién sabe qué, y después añadió—: Toma esto, Pablo.

Y sacó unos papeles de debajo de la almohada.

—Los he escrito para ti, ¿querrás leerlos?

Él los cogió.

—Qué pena que hayamos vivido siempre en pecado. Pobre Susan. ¿Nos lo perdonará Dios? Nos lo tiene que perdonar, porque hemos amado mucho, ¿verdad que hemos amado mucho, Pablo? ¿No hemos vivido como buenos cristianos?

Él dijo que sí, pero solo con un gesto, porque ya hacía rato que las palabras se le habían quedado atoradas en la garganta.

Esa tarde no hubo paseo.

Después de leer los papeles de Tití, el maestro hizo dos llamadas: la primera, a su amigo, el médico; la segunda, al rector de la parroquia de Prades.

—He hablado con el rector y le he preguntado si nos puede casar, ¿qué te parece?

—Tendrás que decírselo a Susan.

—No hace falta molestarla, dice el rector que en estas circunstancias el divorcio no es necesario.

—En estas circunstancias.

—Tú estás enferma y solo nos casaríamos por la Iglesia.

—Está bien —respondió ella, risueña, con un hilo de voz—. Casémonos prontito.

Prontito. Aquella forma de hablar. La ternura.

—Avisaré a tu sobrino Frederic para que nos haga de testigo. —La cogió de las manos.

Y fue entonces, en ese preciso instante, mientras la cogía de las manos y la miraba, cuando volvió a ver a la muchacha de quince años que rehuía su mirada, la adolescente temerosa de su padre, la estudiante brillante, la joven que tocaba a Mendelssohn, la que soñaba con ser violonchelista y a la vez tenía miedo de serlo, la que una tarde de tormenta cantaba delante del mar y movía los brazos como si quisiera alzar el vuelo.

—¡Qué camino tan largo! —dijo ella entonces, como si le leyera el pensamiento.

—Ya lo creo.

Habían necesitado un camino de sesenta años para llegar al matrimonio.

«Un matrimonio que no tiene valor legal, pero que nos da paz», pensó probablemente él.

«Un matrimonio sin fiestas ni invitados, pero que demuestra que el amor habita en esta casa», quizá pensó ella.

Después vinieron días de silencio, tardes y noches de pesadillas, dolor y desmemoria.

El coche fúnebre ha ido directo a El Vendrell, pero el Renault ha entrado en Barcelona. En la ciudad hay una luz triste, una atmósfera gris que les advierte de que la normalidad que se respira es solo aparente, un engaño, luz de posguerra y dictadura. Se detienen solo unas pocas horas, comen, pasean y después suben al piso. Todo está como siempre. Bueno, todo no. Antes, una parte de este piso era el Instituto Musical Casals; ahora, todas las estancias forman parte de la vivienda. Aquí vive Enric.

El maestro entra en su antigua habitación y se sorprende al ver un pequeño escritorio secreter diseñado y fabricado en los talleres de Francesc Vidal. La visión del mueble lo lleva a recordar la figura del artista, la barba larga y fina, la gorra de fieltro negro, bordada, de estilo oriental, el pañuelo de seda blanca en el cuello. «Qué hombre tan genial —piensa—. Y tan difícil». En Barcelona corría el rumor de que, cuando un cliente le pedía presupuesto, él abría un cajón y decía: «Llénemelo de dinero y le devolveré lo que me sobre». También decían que, para demostrar que una pieza era única e irrepetible, Francesc Vidal solía romper el diseño delante de los clientes. «Ahora ya no la puedo repetir —les decía—. Si quisiera hacer otra igual tendría que fiarme de mi memoria; la pieza sería parecida, sin duda, pero nunca idéntica». Este mueble quizá ya lleve treinta años aquí. Tití lo tenía en el aula donde daba clases, nunca quiso desprenderse de él. Necesitaba sentir a su padre cerca. Por mucho que aquel hombre las hubiera hecho sufrir, ella siempre lo quiso.

El mueble atrae al maestro como un imán. Se acerca, le pasa la mano por encima, lo palpa, abre los cajones y los revuelve.

En ellos encuentra papeles, postales, cartas, facturas, anotaciones y listas, y en casi todos reconoce la letra de Tití.

«Para las mayores, vestidos y abrigos. Para la pequeña, una muñeca y un cochecito para pasearla».

«Para el niño, un trenecito».

Tití se ocupaba de comprar los regalos de Reyes para los sobrinos del maestro, sus casalitos.

«Pablo necesita calzoncillos y ropa de abrigo».

Tití se ocupaba de todo.

En uno de los cajones del escritorio, el músico encuentra también una fotografía de Frasquita.

La coge.

Se le aparece de pronto la figura delicada de una joven que camina por la orilla del mar mientras oculta la mirada bajo la sombra de su sombrero de verano, que es blanco, como también lo son el vestido que lleva puesto, las medias y los zapatos. Las olas quieren besarle los pies, y el viento, levantarle la falda, pero no se atreve. ¿De quién o por qué se esconde esta joven? ¿Oculta la mirada solo para no sentir en los ojos la crueldad del sol? ¿O tal vez son los ojos los que se esconden por miedo a no saber callar el amor secreto?

Siente angustia.

Deja los papeles, cierra los cajones y sale de la habitación.

—Tendréis que avisar a Lluís para que prepare la música —dice a sus acompañantes.

Tenía previsto despedirse de Tití con el violonchelo. «Tocaré *El cant dels ocells*», había dicho a sus hermanos, pero ahora cambia de idea. El viaje, el funeral, estos papeles, la policía siguiéndole los pasos, la incertidumbre de no saber a quién se encontrará en el cementerio, qué se encontrará en San Salvador...

—Son demasiadas cosas. No me veo capaz.

Apenas tres horas después de la renuncia, llegan a El Vendrell.

El músico lleva el sombrero puesto y el paraguas colgado del brazo.

A las puertas del cementerio, lo esperan el alcalde y el rector.

Se reencuentra también con algunos vecinos. Unos se le acercan; otros le saludan de lejos. Él los ve a todos, les da las gracias, contenido, con el corazón en calma, avergonzado incluso cuando uno de los hombres que se le acercan le besa las manos.

Una vez que han cruzado la puerta del cementerio, cerca de la cripta familiar, mientras los operarios trabajan y preparan el acceso, un periodista reclama su atención. El maestro no sabe cómo se llama, pero recuerda su gesto y el sonido ronco de su voz.

—¿Ha ido bien el viaje, maestro?

—No podría haber ido mejor —responde y, con una ironía que duele, añade—: Hemos venido muy bien acompañados.

Y es que los hombres de sonrisa oscura también están aquí. No hablan con nadie; no intervienen en nada. Observan desde la distancia, esquivos, seguros del terror que impone su presencia.

—¿Y ahora qué hará? ¿Se quedará en Cataluña? ¿Se instalará en San Salvador?

—El domingo regreso a Prades.

—¿Tan pronto?

—Sí.

—Entonces ¿son irreconciliables?

—No le entiendo —dice el músico.

—Franco y Pablo Casals, ¿no hay reconciliación posible?

—No he venido a hablar de Franco. Usted ya debe de saber por qué estoy aquí.

—Naturalmente, pero mi obligación es preguntar.

Vincent observa la escena y se da cuenta de que el músico se siente incómodo.

—Maestro, le esperan —dice mientras se le acerca.

Y él se siente salvado.

—Gracias por venir —dice en tono cortés. Acto seguido, pide disculpas y se aleja del periodista.

Cuando acabe el funeral, ese hombre de voz ronca se sentará ante su Olivetti de hierro y escribirá. A su manera, reproducirá el breve diálogo que acaba de mantener con el músico, tildará el funeral de ceremonia clandestina y afirmará que Casals ha entrado en España gracias a la magna generosidad del Caudillo.

El artículo se publicará en prensa mañana mismo.

Pasado mañana, otro periodista de otro periódico reescribirá ese primer artículo y volverá a hablar de este momento. El titular dirá que Casals «ha pisado tierra española». La elección del verbo «pisar» por parte del periodista no habrá sido azarosa; la voluntad del periodista será poner en evidencia el incumplimiento de la promesa del músico, que tantas veces había dicho y repetido que no pisaría territorio español mientras el tirano estuviera vivo.

Otro artículo, breve, de solo diez líneas, se publicará semanas después. «Casals volvió a España para enterrar a su ama de llaves», mentirá el titular.

Solo una revista inglesa, pero eso será tres meses después de este segundo funeral, hablará del carácter de Tití, elogiará su elegancia, describirá con admiración su capacidad para relacionarse con músicos de todas las edades y procedencias, exaltará su vitalidad y su bondad, pondrá en valor su gran renuncia y proclamará sus cualidades como violonchelista y profesora. La autora del artículo recordará también un momento magnífico vivido en San Salvador, una noche de verano de los primeros años treinta, cuando, vestida de blanco y acompañada solo por el rumor del mar, Francesca Vidal Puig tocó de forma impecable, casi rozando la perfección, la primera de las seis Suites de Bach. Al final de su obituario, la autora dará las gracias a Tití por haber logrado el regreso del músico a los escenarios y afirmará que, sin ella, el milagro del Festival Bach jamás habría sido posible.

Pero todo esto todavía está por llegar.

Ahora estamos en el cementerio de El Vendrell, dentro de la cripta, y el maestro no puede evitar bromear.

—Sí que es grande. Mirad, hay espacio suficiente para todos, incluso para ti. —Mira a Vincent, que se ríe y se volverá a reír cada vez que, a lo largo de su vida, recuerde este momento.

Después de la broma, el maestro pide quedarse solo.

Quiere quedarse solo con su padre.

«No puedes tocar el órgano, hijo, que los pies no te llegan a los pedales. Tienes que crecer un poco más».

Quiere quedarse solo con su madre.

«Frasquita sí que te habría hecho feliz».

Quedarse solo con ella, con Francesca, Frasquita, Fita, Tití.

Vincent y Enric van a buscarlo y lo ayudan a salir de la cripta.

—Cuando me llegue el día, enterradme con ella.

Fuera, la música ha empezado a sonar.

El cant dels ocells.

Un gramófono.

Al llegar a la casa de San Salvador, el maestro, como una criatura que apenas empieza a caminar, pisa las huellas de su otra vida con pasos vacilantes.

Solo, recorre las estancias de esta casa,

se reencuentra con objetos, muebles, cuadros,

recuerda rostros, voces y caricias,

evoca la juventud,

evoca el amor,

el éxito,

la vida en familia

y la felicidad degollada.

La primera noche no duerme. Están los fantasmas, están los buenos recuerdos y las pesadillas, los policías que vigilan la casa desde fuera, y todo ello hace que no pueda descansar. Sin embargo, al día siguiente se levanta a la hora de siempre y con la firme voluntad de no dejarse vencer por la pena.

Un viejo amigo se atreve a preguntar:

—Ahora que está aquí, ¿por qué no se queda con nosotros?

—Porque soy terco como una mula vieja.

—Como una mula vieja —repite Vincent, divertido—. Ya he aprendido algo más.

Por fin el domingo, después de una última y larga mirada al mar, el músico emprende de nuevo el camino del exilio.

Esta vez ya sabe que es para siempre.

En Prades lo reciben la casa vacía y un montón de cartas.

Si Tití estuviera aquí, lo ayudaría a ordenarlas. «¿Por cuál quieres empezar?», diría. «Esta es importante». «Esta no lo es tanto». Y las responderían juntos. Pero ella ya no está. Solo hay confusión y silencio, un silencio que se le viene encima, denso, tan pesado que le cuesta moverse.

—Parece que hay corriente —dice.

Lo que hay es una ventana abierta.

Va a cerrarla, pero no lo consigue.

En la ventana, una cortina blanca.

Hace viento,

la cortina baila y se retuerce

y es tan ancha y tan larga que, cuando se mueve y se retuerce, le roza la cara.

—Nos la dejaríamos abierta.

—Ya me ocupo yo. Échese, si quiere, descanse.

Quizá sí que le conviene descansar.

Le convienen el silencio y la oscuridad de la habitación, pero no la soledad.

—¿Te quedarás cerca de mí? —Lo dice como lo diría un niño, en la pregunta va incluida la súplica.

—Claro que sí, no se preocupe.

Pero suena el teléfono.

—¿Sí? —responde el maestro.

—¿Cómo es que ha roto su compromiso?

Le parece reconocer la voz de un amigo, pero no entiende que un amigo lo llame para hacerle una pregunta como esa.

—¿Con quién hablo? —Necesita saberlo.

—Ha vuelto a España —continúa la voz que lo juzga—. Ha traicionado su promesa y nos ha traicionado a todos.

El interlocutor cuelga.

—¿Quién era?

—No estoy seguro. —Sigue sin entender el propósito de la llamada.

El teléfono vuelve a sonar.

Responde.

La voz es otra, pero la pregunta es la misma.

—Si está pensando en abandonar el exilio y volver a casa, quíteselo de la cabeza. No puede hacerlo. Tiene que cumplir su promesa.

El músico no entiende los reproches.

El dolor de haberla perdido se vuelve aún más punzante.

—Usted es el símbolo de la lucha antifascista —continúa diciendo la voz—. Lo prometió, prometió que no volvería. No nos puede fallar.

Ahora el que cuelga es él.

Le tiembla la mano sobre el auricular negro.

La ventana rebelde vuelve a abrirse,

la cortina reinicia su danza,

una mariposa,

mágica,

blanca,

entra y se posa en la mano vieja y cansada del maestro.

«*Suis près de vous*», dice el aire de sus alas.

Agradecimientos

A Enriqueta Casals, Vincent Touron y Elisabeth Touron Casals, por las palabras, las fotografías y los documentos compartidos.

A Marcy Rudo, por la espléndida biografía de la pintora Lluïsa Vidal.

A Ricard Bru, por su obra sobre los inicios del japonismo en Cataluña.

A Victòria Palma, Consol Oltra y Núria Ballester, por ayudarme a abrir puertas.

A Bénédicte Loeillet y sus compañeros del Archivo Pau Casals de Prades, por tanta diligencia y generosidad.

Al Archivo Nacional de Cataluña,
el Archivo Histórico de Sitges,
el Archivo Histórico de El Vendrell
y los Archives of American Art de Washington.